Catherine Wilkins wuchs zusammen mit einem jüngeren Bruder, zwei Hunden und einer Katze in Herfordshire auf. Und obwohl ihre Rechtschreibung und ihre Grammatik grauenhaft waren, wollte sie schon immer Schriftstellerin werden. Sie hat bisher als Pizzalieferantin, Versicherungsmaklerin, Supermarktmitarbeiterin, Müllsammlerin, Rezeptionistin, Sekretärin, Kassiererin, Kellnerin, Stand-up-Komikerin und Schriftstellerin gearbeitet. Der Beruf, der ihr dabei bis jetzt am besten gefallen hat, ist der der Schriftstellerin. Sie liebt es, zu reisen und war schon in Amerika, Afrika, Indien, Europa und auf Kuba. Sie lebt mit ihrem Mann in London und hofft, dass sie noch viele Bücher schreiben und viele Länder bereisen wird.

Catherine Wilkins

mein absolut gigantischer (miss)erfolg

und andere Katastrophen

Aus dem Englischen von Christine Spindler
Mit Illustrationen von Sarah Horne

Oetinger Taschenbuch

Außerdem bei Oetinger Taschenbuch erschienen:

Meine schrecklich beste Freundin und andere Katastrophen

Mein (überhaupt nicht) fabelhaftes Leben und andere Katastrophen

Mein (ganz und gar nicht) grandioses Schuldrama und andere Katastrophen

MIX
Papier aus verantwortungsvollen Quellen
FSC® C014496
www.fsc.org

1. Auflage 2019
Oetinger Taschenbuch in der Verlag Friedrich Oetinger GmbH,
Poppenbütteler Chaussee 53, 22397 Hamburg
März 2019

Originaltitel: »My Great Success and Other Failures«

Coverbild und Innenillustrationen: Sarah Horne
Umschlaggestaltung: Grafisches Atelier arsEdition
Aus dem Englischen von Christine Spindler
Druck: GGP Media GmbH, Karl-Marx-Straße 24, 07381 Pößneck, Deutschland
ISBN 978-3-8415-0565-1

www.oetinger-taschenbuch.de

Für Margaret, Eileen und Sheila,
meine großartigen Tanten.

C. W.

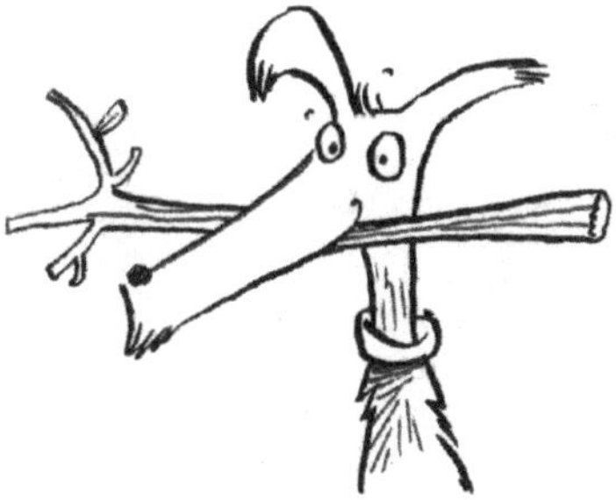

1. kapitel

»Jessica!«, ruft Mum die Treppe hoch. »Könntest du bitte mal runterkommen?«

»Ich bin beschäftigt«, rufe ich zurück. Ich zeichne gerade mit höchster Konzentration einen Cartoon, in dem die Schule von Außerirdischen eingenommen wird. (Das Thema der nächsten Ausgabe unseres Comics lautet: *Die Zukunft*.)

»Hast du mich gehört?«, ruft Mum noch lauter. »Komm endlich runter!«

»Ich kann nicht!«, kreische ich. »Ich bin gerade total beschäftigt.«

»Komm auf der Stelle her! Ich muss mit dir reden, und ich habe nicht vor, dabei durchs Treppenhaus zu brüllen!«

Wenn das so ist, warum kommt sie dann nicht einfach nach oben, um mit mir zu sprechen? Das wäre nur höflich. Ich lege

TYPISCH den Bleistift beiseite. Das ist mal wieder so *typisch.* Die Erwachsenen heutzutage haben einfach keine Geduld. Ich vermute, das liegt an dem vielen Kaffee, den sie in sich hineinschütten.

Genervt stapfe ich die Treppe runter und seufze theatralisch, als ich unten ankomme. Mum empfängt mich mit meinem Zeugnis in der Hand. »Was gibt's?«

»Sei nicht so frech«, sagt Mum offensichtlich genervt. Das ist seltsam, denn in Wirklichkeit wollte sie bestimmt sagen: »Danke, dass du deine wichtige Arbeit unterbrochen hast und den weiten Weg die Treppe herunter gekommen bist, um deiner launischen Mutter einen Gefallen zu tun.«

»Jessica, wir möchten mit dir über dein Zeugnis reden.« Dad kommt dazu und stellt sich neben Mum, dann bugsieren sie mich ins Wohnzimmer, als wäre es ihr Büro und ich ein Angestellter, der drauf und dran ist, gefeuert zu werden.

»Na gut«, erwiderte ich und lasse mich verwirrt aufs Sofa plumpsen.

Ich frage mich, ob alle von ihren Eltern so behandelt werden. Sitzen Joshua, Tanya, Amelia und meine beste Freundin Natalie an verschiedenen Stellen der Stadt ebenfalls auf Sofas herum und warten auf eine Standpauke?

Nun, auf Amelia trifft das wahrscheinlich nicht zu, da sie in allen Fächern mehr oder weniger Klassenbeste ist. Auch Natalie ist ziemlich gut. Meine Freundinnen Emily, Megan und Fatimah sind insgesamt etwas schlechter, weil sie ständig herumblödeln, aber ihre Eltern sind, soweit ich das einschätzen kann, genauso lebenslustig und lässig wie sie selbst, darum kriegen sie wahrscheinlich keinen Ärger.

Vermutlich habe ich als Einzige das Pech, in der Schnittmenge zwischen »Übereifrige Eltern« und »Noten nicht gut genug« gefangen zu sein. Das ist unfair. Ich meine, wo bleibt da die Menschlichkeit?

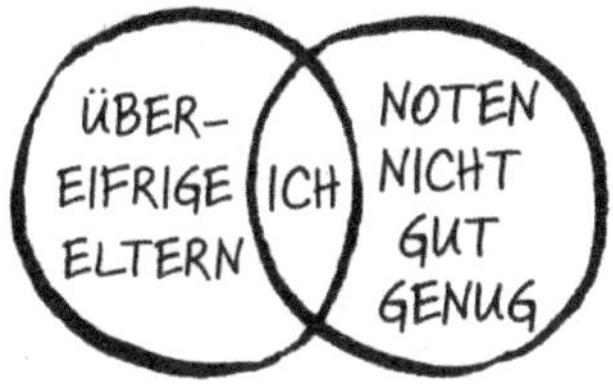

Mein kleiner Bruder Ryan hockt neben unserem neuen Hund Lady auf dem Boden und schiebt einen Spielzeuglaster hin und her. Er untermalt das nicht wie sonst mit den passenden Geräuschen, darum ist es ungewöhnlich leise. Meine ältere Schwester Tammy (die nicht mehr bei uns wohnt) sitzt am Küchentisch und benutzt frech unser Internet.

»Also«, fängt Dad an, »dein Zeugnis ist diesmal ein bisschen durchwachsen.«

»Cool.« Ich versuche, die Situation mit einem Witz aufzulockern. »Heißt es nicht, Abwechslung sei die Würze des Lebens?«

»Nein«, sagt Mum. »Deine Noten sind nicht gut genug. Du nutzt nicht dein volles Potenzial. Hör dir das hier an: *Geschichte – Jessica benimmt sich im Unterricht ordentlich und passt meistens auf. Aber ihre Hausaufgaben enthalten mehr Zeichnungen, als unbedingt nötig wäre.*«

»Das klingt in meinen Ohren nach einem Lob«, sage ich.

Mum fährt fort: »*Erdkunde – Jessica hat die Folgen von Erosion hervorragend illustriert, die restlichen Fragen aber nicht beantworten können. Vielleicht sollte sie mehr Zeit mit Schreiben verbringen und weniger mit Malen.* Was hast du dazu zu sagen?«, endet sie.

»Eigentlich mag ich Erdkunde nicht besonders«, erkläre

ich. »Aber die, ich zitiere, *hervorragende* Illustration hat gezeigt, dass ich alles verstanden habe. Wo liegt also das Problem?«

Mum seufzt betrübt. »Jessica, du bist elf Jahre alt und damit aus dem Alter raus, wo man zu allem ein Bildchen malt. Du bist kein Kleinkind mehr wie Ryan.«

»Hey.« Ryan schaut auf, aber er hat nicht wirklich zugehört. Ich weiß, dass ich nicht mehr sechs Jahre alt bin, zum Kuckuck. Ich kann jetzt viel besser zeichnen als mit sechs.

»Du musst aufhören, dich so viel mit dem Zeichnen zu beschäftigen. Gib dir lieber mehr Mühe mit den schriftlichen Hausaufgaben«, sagt Mum und fordert Dad dabei mit strengem Blick auf, ihr Schützenhilfe zu geben. »Hab ich nicht recht?«

»Ja«, stimmt Dad hastig zu.

»Du kommst bald in die Mittelschule«, fügt Mum hinzu. »Dort werden sie dir das nicht mehr durchgehen lassen.«

»Lies vor, was meine Kunstlehrerin Mrs Cooper über mich schreibt«, bitte ich sie.

»Offensichtlich liebt sie dich. Und wir bestreiten ja nicht, dass du Talent hast«, sagt Mum.

»Lies es vor«, beharre ich.

Widerstrebend beginnt Mum. »*Jessica ist eine großartige und begeisterungsfähige Schülerin, die mit jeder Herausforderung einfallsreich umzugehen versteht. Sie hat ein gutes Auge für Details und ihre Arbeit als Bühnenbildnerin für die Schulaufführung war herausragend. Jessica wird großen Nutzen aus den Materialien und Möglichkeiten der viel umfangreicheren Kunstabteilung an der Mittelschule ziehen, da wir ihr hier nicht mehr viel beibringen können.* Ja, das klingt alles ziemlich gut«, räumt

Mum ein. »Aber glaub nicht, dass du dir deswegen in anderen Fächern keine Mühe mehr zu geben brauchst.«

»Seid ihr denn auf mich und meine Kunst nicht stolz?«, frage ich.

»Oh doch, sogar sehr stolz«, sagt Dad eifrig.

Mum wirft ihm einen Blick zu, der ihn offensichtlich kalt erwischt, denn er fügt hinzu: »Aber alles zu seiner Zeit. Im Kunstunterricht kannst du zeichnen. In den richtigen Fächern musst du ordentlich arbeiten.«

»Kunst *ist* ein richtiges Fach«, protestiere ich. »Kunst unterscheidet den Homo sapiens von den Neandertalern.«

Darauf fällt meinen Eltern so schnell nichts ein und sie blinzeln mich an. »Na ja, wie dem auch sei«, sagt Mum schließlich.

»Es ist ja nicht so, dass du nicht schlau wärst«, meint Dad.

»Es ist toll, dass du über Neandertaler und den Homo sapiens Bescheid weißt«, fügt Mum hinzu. »Aus genau diesem

Grund reden wir mit dir. Es ist wichtig, dass du in deinen Hausaufgaben zeigst, wie überaus klug du bist.«

»Das ist auch schon alles, worum wir dich bitten«, steuert Dad bei.

»Denn letztlich ist es das, was über deine Zukunft entscheidet und dir hilft, beruflich erfolgreich zu sein«, sagt Mum. »Du bekommst keinen guten Job, indem du Cartoons zeichnest.«

»Jess!« Meine Schwester Tammy kommt ins Wohnzimmer gestürmt. »Ich habe einen wichtigen Job für dich. Du musst mir einen Cartoon zeichnen.«

Ich neige nicht dazu, das Wort »unbezahlbar« überzustrapazieren, aber das war *unbezahlbar*. Die Gesichter von Mum und Dad: unbezahlbar.

Ich habe noch nicht herausgefunden, ob Tammy uns belauscht und das mit Absicht gemacht hat – aber so oder so war das Ergebnis unbezahlbar. Ich könnte jetzt aufhören, das Wort zu benutzen. Ach, vielleicht noch ein letztes Mal. *Unbezahlbar*.

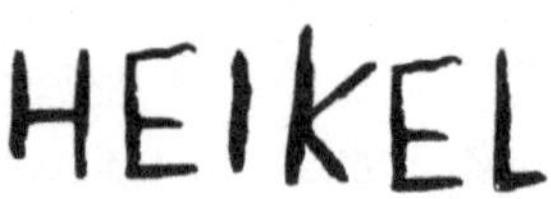

Die Stimmung beim Abendessen ist heikel. Mum wirft Tammy immer wieder böse Blicke zu. Ein Jammer, denn das Essen schmeckt heute richtig gut. Es gibt Makkaroni mit Käse und Salat, alles aus Markenprodukten, nicht das Superbillig-Zeug. (Ade, Sparkurs! Du bist vergangen, aber nicht vergessen.)

»Ryan, setz dich bitte aufrecht hin!« Mum lässt ihre miese Laune an meinem kleinen Bruder aus.

Ryan hebt sofort den Kopf und versteift sich, als ob er »Tanz und Stopp« spielt. »So, Mum?«

»Sitz einfach vernünftig«, ermahnt Dad ihn.

Ryan atmet aus und sinkt in sich zusammen.

»Puh«, murmelt er und stopft noch mehr Makkaroni mit Käse in sich hinein.

»Ach, Tammy«, sagt Mum, »da fällt mir ein: Ändere doch nicht ständig das Google-Logo. Ich mag die Originalversion.«

»Wie bitte?«, fragt Tammy verwirrt.

»Ich meine es ernst«, warnt Mum. »Es stört mich nicht, wenn du unser Internet benutzt, aber hör auf, darin herumzupfuschen.«

»Mum, das Logo von Google ändert sich von ganz allein, je nachdem, was für ein Tag es ist«, sage ich. »Tammy hat damit nichts zu tun.«

»Was?« Mum sieht verdattert und ein bisschen verärgert aus.

»Tut mir leid, denn ich weiß ja, wie gern du mir für alles die Schuld gibst«, sagt Tammy. »Übrigens«, fügt sie hinzu, »gibt es gerade ein Mem über ›Dumme Sachen, die Mütter sagen‹, und das mit Google steht auch auf der Liste.«

»Was ist ein Mem?«, fragt Mum, die kurz davor ist, richtig sauer zu werden.

»Ist doch egal, was ein Mem ist«, unterbricht Dad. »Können wir nicht einfach das Essen genießen?«

»Na gut«, schmollt Mum. »Jessica, setz dich bitte ordentlich hin.«

Als ich später mit Tammy in meinem Zimmer bin, erklärt sie mir, was das für ein Job ist, den sie für mich hat: »Es geht um eine Protestaktion. Eigentlich mehr eine Art Kampagne. Ich glaube, ein schlagkräftiger Cartoon könnte wirklich helfen, die Botschaft zu verbreiten und die Sache in den Köpfen der Menschen zu verankern.«

»Um welche Sache geht es?«, will ich wissen.

»Um den Klimawandel«, antwortet meine Schwester. »Menschen und Firmen haben einfach nicht kapiert, wie wichtig es ist, dass sie ihren Klima-Fußabdruck verkleinern. Wir verschleudern Energie und richten eine Menge Schäden an. Höchste Zeit, dagegen etwas zu unternehmen. Der Meeresspiegel wird steigen, und wir sind wahrscheinlich die letzte Generation, die das noch verhindern kann.«

»Also, das klingt sehr ernst«, finde ich.

»Es ist ernst«, stimmt Tammy zu. Dann studiert sie meinen Gesichtsausdruck. »Ist das ein Problem?«

»Normalerweise sind meine Cartoons eher witzig«, antworte ich. (Ich weiß, dass Eigenlob stinkt, aber fast die ganze Klasse 6c ist derselben Meinung.) »Ich bin nicht sicher, ob ich über ein so ernstes Thema etwas Lustiges zeichnen könnte. Wäre das nicht … irgendwie … unpassend?«

»Genau darin besteht deine Herausforderung.« Tammy sieht aus, als wäre sie von mir enttäuscht. »Darum geht es schließlich bei Satire.« Sie seufzt.

»Echt?«

»Natürlich. Du nimmst ein ernstes Thema, das die Leute normalerweise meiden, weil es ihnen Angst einjagt – und dann findest du einen schlauen Weg, es sie in einem neuen Licht sehen zu lassen. Und – Bingo! – der Humor entfaltet seine Wirkung. Bevor sie wissen, wie ihnen geschieht, sind sie auf dem besten Weg, verantwortungsbewusste Bürger zu werden.«

Ich muss zugeben, dass ich ihr nicht ganz folgen konnte, aber ihre Argumente klangen so, als würden sie einen Sinn ergeben. Trotzdem bin ich mir noch nicht sicher, ob meine Einwände bei ihr angekommen sind. »Es geht nur darum, dass –«

»Hör mal, Jess«, unterbricht mich Tammy. »Wenn du dieser Aufgabe nicht gewachsen bist, ist das in Ordnung. Aber du solltest wissen: Wenn du nicht Teil der Lösung bist, bist du Teil des Problems.«

Dieser Aufgabe nicht gewachsen? Wie kann sie es wagen? *Weißt du nicht, mit wem du es zu tun hast?* Ich bin eine begnadete Cartoonistin. Mein Idol ist Matt Groening. Wenn ich mal groß bin, will ich ein Künstler werden, so wie er. Ich bin jeder Aufgabe gewachsen. Immer. (Ich meine, jeder Cartoon-Aufgabe.)

»Na klar bin ich der Aufgabe gewachsen!«, platze ich heraus. Ich versuche, nicht zu entrüstet zu klingen.

»Super.« Tammy grinst und schüttelt meine Hand. »Willkommen an Bord.«

2. kapitel

Wisst ihr noch, wie ich behauptet habe, ich wäre der Aufgabe gewachsen? Tja, ich bin mir doch nicht mehr so sicher, ob ich der Aufgabe gewachsen bin. Was habe ich mir nur dabei gedacht? Aufgaben sind schwierig. Vor allem dann, wenn man nur die Hälfte von dem, auf das man sich eingelassen hat, überhaupt kapiert hat.

Als ich am nächsten Morgen im Schulbus sitze, schießt mir die Frage durch den Kopf, ob die Sache nicht eine Nummer zu groß für mich ist (wie Dad es formulieren würde. Zugegeben, er hat das über Lady gesagt, als die einen wirklich dicken Knüppel im Maul hatte und damit nicht durch das Tor zum Park passte, aber ich bin ziemlich sicher, dass man den Ausdruck auch im übertragenen Sinne benutzen kann.).

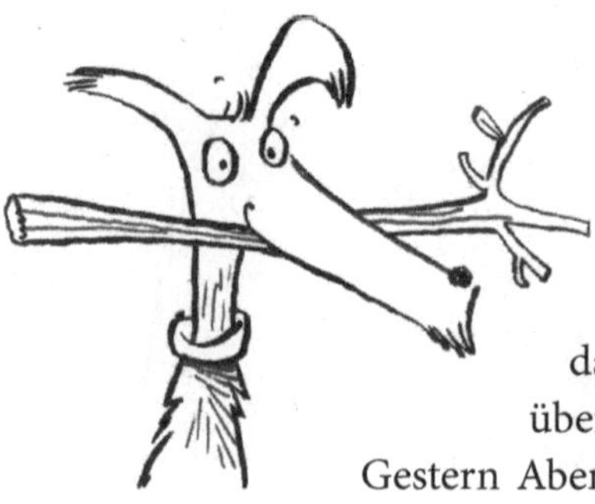

Gestern Abend habe ich an meinem Schreibtisch gesessen und versucht, mir etwas Witziges zum Thema Überflutungen einfallen zu lassen. Ich hatte keine Idee, nicht die allerklitzekleinste. Außer vielleicht, dass so eine Flut unsere direkten Nachbarn, die VanDerks, wegspülen könnte (unheimlich hochnäsige, voreingenommene Leute. Seltsamerweise denken meine Eltern, dass sie mit ihnen mithalten müssen. Ihre Tochter Harriet ist in meinem Jahrgang und hat kürzlich versucht, mir das Leben zur Hölle zu machen, als ich das Bühnenbild für die Schulaufführung gestaltet habe.).

Ich fürchte, die Vorstellung, dass sie von einer Flut weggespült werden, finde nur ich komisch. Allenfalls noch Ryan und Tammy könnten darüber lachen, aber so oder so hat der Witz eine viel zu kleine Zielgruppe. Darüber hinaus wäre der Gag ja Werbung *für* den Klimawandel, kein Protest dagegen. Seufzend steige ich aus dem Bus und gehe aufs Schulgebäude zu.

Dann fällt mir ein, dass heute in der Mittagspause ein Comic-Meeting stattfindet, in dem ich den anderen meinen genialen Zukunftscartoon mit den Außerirdischen zeigen kann, und schon steigt meine Laune wieder. Sie wird sogar noch besser, als Nat mich sieht und begeistert ausruft: »Du meine Güte, Jess, du kommst genau richtig!« (Ich finde, das ist eine ziemlich nette Begrüßung.)

»Was gibt's?«, frage ich und gehe zu dem Pult rüber, an dem Natalie (meine beste Freundin seit der Sandkastenzeit) und Amelia, meine Ex-*Freindin* (und jetzt ganz normale Freundin) sitzen.

»Weißt du, wir arbeiten gerade am Jahrbuch«, erklärt Nat, »und wir brauchen witzige Einfälle, um Leute zu beschreiben, zum Beispiel: *Hat die besten Chancen, einmal Millionär zu werden*, aber alberner. Und da dachte ich, du bist ja irgendwie witzig. Du kannst uns bei der Ideensuche helfen.«

»Na klar«, sage ich lächelnd. Seht ihr, ich *habe* Talente. Und die sind nützlich. (So, da hört ihr's, Mum und Dad.) »Als zukünftige Millionärin nominiere ich Tanya Harris.« (Und das sage ich nicht nur, weil sie mit mir an meinen Comics arbeitet oder weil ich im Grunde immer noch ein bisschen Angst vor ihr habe. Ach, wisst ihr was, ich habe heute eigentlich fast gar keine Angst mehr von ihr.)

Tanya »das Tier« Harris hat sich vom ungezogensten Mädchen unseres Jahrgangs (eigentlich der ganzen Schule) zu einer fantastischen Unternehmerin und Geschäftsfrau entwickelt. Anstatt die Autos der Lehrer zu zerkratzen und anderen im Flur ein Bein zu stellen, ist sie jetzt Chefredakteurin unseres Comics und kümmert sich auch um den Vertrieb. Ich glaube ernsthaft, dass sie das Zeug dazu hätte, einmal Millionärin zu werden.

»Außerdem musst du uns noch ein cooles Foto von dir geben und dir etwas einfallen lassen, was wir bei dir als herausragende Leistung eintragen sollen«, sagt Amelia.

Es kommt mir immer noch etwas seltsam vor, dass Amelie und ich jetzt Freundinnen sind, wo sie mich doch früher so gepiesackt hat. Sie war herablassend und hinterhältig: Sie wollte Natalie ganz für sich allein haben; ständig machte sie passiv-aggressive Bemerkungen über meine Haare und beleidigte meine Intelligenz.

Doch als wir gemeinsam am Bühnenbild für das Theaterstück gearbeitet haben, hat uns das merkwürdigerweise regelrecht zusammengeschweißt (was zum Teil daher kam, dass Harriet VanDerk uns beide tierisch genervt hat), und so habe ich endlich Amelias nette Seite kennengelernt. Ja, sie hat eine! (Wer hätte das gedacht?) Und sie hat sogar zugegeben, dass sie mich gemobbt hat, und sich dafür entschuldigt. Aber ich kann immer noch nicht ganz glauben, dass ich es geschafft habe, ihre Freundin zu werden. Ich bin wohl einfach ein toller Mensch, der leicht verzeihen kann.

»Na klar, ich bringe ein Foto. Was für Bilder nehmt ihr denn für euch?«, sage ich.

»Oje, die Auswahl ist riesig!«, sagt Natalie. »Schau mal.« Sie holt ihr Handy raus und beginnt durch Unmengen von Fotos zu scrollen, auf denen sie als Dorothy aus *Der Zauberer von Oz* verkleidet ist, dem Schulmusical, das wir neulich aufgeführt haben.

»Das da gefällt mir.« Amelia deutet aufs Display von Nats Handy. »Ich habe für mich schon eine Vorauswahl getroffen.« Sie scrollt auf ihrem Handy durch jede Menge Fotos von sich als Glinda, die Gute Hexe. (Obwohl sie auch am Bühnenbild mitgearbeitet hat, bekam Amelia eine kleine

Rolle. Man muss schon sagen, dass sie eine schreckliche Streberin ist.)

»Ihr habt so tolle Bilder«, sage ich zu den beiden und beginne mich zu fragen, was für ein Foto ich denn verwenden kann. Ich habe eins, auf dem ich stolz vor der gelben Ziegelsteinstraße stehe, die wir als Kulisse gemalt haben, aber auf dem Foto sind auch Amelia und Harriet drauf.

Ich habe nämlich die meisten Bühnenbilder entworfen, darum liebt meine Kunstlehrerin Mrs Cooper mich zurzeit auch so sehr. Aber ich habe keine Fotos, auf denen das eindeutig zu sehen ist.

»He, Leute«, sage ich, als ich mich auf einen der gemütlichen Sessel in der Lese-Ecke vor der Bibliothek setze. »Ich habe einen tollen Cartoon über unsere Schule in der Zukunft gezeichnet und –«

»Hast du schon deine herausragende Leistung?«, unterbricht mich Tanya. »Fürs Jahrbuch?«

»Äh, noch nicht, aber –«

»Tja, ich auch noch nicht«, meint sie nachdenklich und wirkt so besorgt, wie ich es gar nicht von ihr kenne.

»Falls es dich tröstet, ich habe dich als diejenige nominiert, die es am wahrscheinlichsten zur Millionärin bringen wird«, verrate ich ihr.

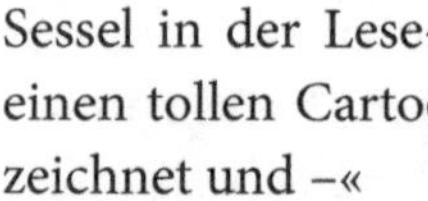

Sofort strahlt Tanya. »Oh, das ist ja großartig! Danke, Toons!«

(Tanya nennt mich Toons, weil ich Cartoons zeichne. Kapiert? Toons – carTOONS. Wieso erwähne ich das überhaupt? Mir könnt ihr das jedenfalls nicht ankreiden, weil es nicht auf meinem, sondern auf Tanyas Mist gewachsen ist.)

Joshua kichert. »Ha, dafür hätte ich Lewis nominiert.«

Joshua und Lewis sind die beiden anderen Mitglieder des Comic-Teams. Als ich mich am Anfang des sechsten Schuljahrs mit Natalie verkracht hatte, hat sich Joshua mit mir angefreundet. Er spielt Basketball und hält sich für cool, und das ist er sogar wirklich ein bisschen. (Allerdings nicht so cool, wie er meint.) Aber er ist witzig. Er hat im Schulmusical die Vogelscheuche gespielt, und ich hatte keine Ahnung, dass er so eine Begabung für Slapstick hat.

Von den dreien kenne ich Lewis immer noch am wenigsten, obwohl wir gezwungen waren, eng zusammenzuarbeiten, als Tanya und Joshua Starallüren bekamen und die Comic-Meetings geschwänzt haben. Lewis ist schüchtern, übergenau und von *Star Wars* besessen. Ich kann mir durchaus vorstellen, dass er das Zeug zum Millionär hat. Unter Umständen.

»Bestimmt kann man mehr als nur einem Kind eine Zukunft als Millionär voraussagen«, entgegne ich freundlich.

»Ich würde mir darüber keine großen Gedanken machen«, sagt Joshua zu Tanya. »Wir haben eine Menge Erfolge vorzuweisen, die wir als besondere Leistung hervorheben können. Wir haben beide Belobigungen für den *Zauberer* bekommen.«

(Joshua hält es vermutlich für cool, dass er *Der Zauberer*

von Oz einfach als den *Zauberer* abkürzt. Er könnte auch einfach das *Stück* sagen – das hätte weniger Silben, also scheint es ihm gar nicht so auf die Zeitersparnis anzukommen.)

Aber es stimmt, auf der Versammlung letzte Woche haben sie beide eine Belobigung erhalten. Sie hatten die lustigsten Rollen im Stück. Joshua war eine tolle Vogelscheuche und Tanya eine umwerfende Böse Hexe. Ich kann schon nachvollziehen, warum ihnen der Erfolg zu Kopf gestiegen ist. Sie haben wirklich hart dafür gearbeitet. (Aber ich habe am Bühnenbild auch hart gearbeitet.)

Tanya erwägt Joshuas Bemerkung. »Hey, du hast recht. Wir haben eine Menge vorzuweisen, was?«

»Und bergeweise tolle Fotos«, fügt Joshua hinzu.

»Jaaa!«, freut sich Tanya.

»Schon gut«, sage ich und versuche, spielerisch beleidigt zu klingen. »Ihr Schauspieler müsst uns nicht reinreiben, dass eure herausragenden Leistungen auf der Hand liegen.«

»Ich habe auch schon was«, meldet sich Lewis zu Wort.

»Lewis kann am besten mit Computern umgehen«, erklärt Joshua. Na, das war ja klar.

»Oh … cool, gut gemacht, Lewis!« Ich versuche, so zu klingen, als hätte ich das irgendwie schon erwartet.

»Danke«, sagt Lewis ausdruckslos. Ich glaube, sein Gesichtsausdruck liegt irgendwo zwischen Mitleid und Abscheu, ich bin mir nicht sicher. Es passt ihm anscheinend nicht, dass ich ihn mit mir in einen Topf geworfen habe.

»Gewinner, stimmt's, Toons?«, sagt Tanya. »Wir sind alle Gewinner!« (Schließt das mich ein?)

»Ja«, stimme ich ihr zu. »Nachdem das nun geklärt ist, würde einer von euch jetzt gerne meine umwerfende Zeichnung sehen, auf der unsere Schule in der Zukunft von Außerirdischen geleitet wird?« Ich klinge etwas angepisster als beabsichtigt.

3. kapitel

»Jess, wie wäre es, wenn wir nicht heimgehen, sondern bei McDonald's Milchshakes trinken?« Nat und Amelia ziehen mich aus dem Bus, obwohl das noch gar nicht meine Haltestelle ist. Sie sind immer noch ganz aufgedreht von ihrer Arbeit am Jahrbuch und weil das Schuljahr fast zu Ende ist.

Im Weitergehen schicke ich meiner Mum eine SMS. Sie würde sich sonst aufregen. Ironischerweise würde sie sich ebenfalls aufregen, wenn sie wüsste, dass ich gleichzeitig laufe und tippe, ich kann es also nur falsch machen.

Ich entspanne mich und stecke mein Handy in die Tasche zurück. Es ist ein herrlich sonniger Tag, und es ist toll, mit meinen glücklichen Freundinnen Natalie und Amelia Spaß zu haben. Dabei ist es noch gar nicht so lange her, da haben sie mich von ihren heimlichen Ausflügen zu McDonald's ausgeschlossen. Na ja, das ist Schnee von gestern.

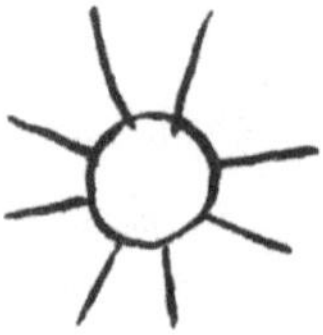

Erst als wir in der Schlange anstehen, fällt mir ein, dass ich gar kein Geld habe. Ich meine, ich habe *nie* Geld, aber das hat erst in letzter Zeit angefangen, ein kleines Problem zu werden. Bisher habe ich anscheinend nie welches gebraucht. Aber da ich jetzt öfter mit Natalie und Amelia abhänge, merke ich, dass man Bargeld braucht, wenn man sich häufig Milchshakes und hin und wieder Pommes leisten möchte.

»Ich habe kein Geld«, sage ich zu Natalie. Es ist mir peinlich, obwohl das fast schon Teil eines Rituals geworden ist.

»Lass gut sein, diesmal bin ich dran, Jessicas Milchshake zu bezahlen«, sagt Amelia und öffnet ihre Hello-Kitty-Geldbörse. »Oh nein«, ruft sie, als sie einen Blick hineinwirft. »Ich habe nicht genug dabei. Kannst du das übernehmen?«, fragt sie Nat.

»Mein Geld reicht auch nicht.« Natalie zählt die Münzen in ihrer Hand. »Mach dir keine Sorgen, Jess, du trinkst einfach bei mir mit.«

Obwohl sie wirklich lieb ist, könnte ich vor Scham im Boden versinken. »Das ist schon in Ordnung, Leute. Es tut mir wirklich leid, dass ich nie Geld habe. Ihr müsst mir nichts kaufen.«

Bin ich rot geworden? So fühlt es sich an. Blödes Geld. Ich bin wütend, weil ich keins habe, und wütend, weil sie mich hierher mitgeschleppt haben, ohne darüber nachzudenken, wie demütigend das für mich ist. Ich will kein Sozialfall sein. *Örks.*

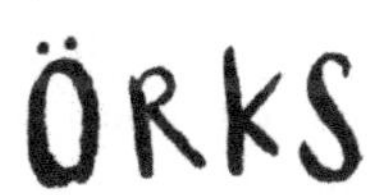

»Das ist cool«, sagt Amelia, die offensichtlich nicht mitbekommen hat, wie unwohl ich mich fühle. »Ich würde dich auch bei mir mittrinken lassen, aber ich mache mir Sorgen wegen der Keime.« Ist ja klar.

»Alles gut. Echt«, behaupte ich. »Ihr müsst beide nicht mit mir teilen.«

»Natürlich werde ich meinen Shake mit dir teilen, Jess«, sagt Nat. »Wenn es umgekehrt wäre, würdest du das Gleiche für mich tun, nicht wahr?«

»Ja«, antworte ich pflichtschuldig. Aber wenn es umgekehrt wäre, dann wäre ich in dieser Angelegenheit hoffentlich etwas einfühlsamer als sie.

»Warum sollst du es ausbaden, dass deine Familie arm ist?«, fügt Amelia hinzu. Und ich wäre *sehr* viel einfühlsamer als Amelia.

»Ähm, das ist sie nicht. Schon in Ordnung. Ich suche uns einen Tisch«, murmle ich und beeile mich, von dieser Unterhaltung wegzukommen.

Es ist zu schwierig, ihnen das zu erklären. Obwohl meine Familie lange Zeit auf *Sparkurs* lebte (Mum weigerte sich, irgendetwas außer Milch zu kaufen, bevor wir alles aufgebraucht hatten, was die Vorratsschränke hergaben, einschließlich Kidneybohnen, die zwar über das Verfallsdatum, aber »wahrscheinlich noch in Ordnung« waren) und dann noch den *Gürtel enger schnallen* musste (Mum weigerte sich, etwas anderes zu kaufen als Superbillig-Marken oder Sachen, die reduziert waren, weil das Mindesthaltbarkeitsdatum abgelaufen war), ist das jetzt vorbei und wir kaufen wieder Markenchips und alles.

Es ist nur so, dass eine Taschengelderhöhung »nicht verhandelbar« ist, bis sich die finanzielle Lage stabilisiert hat und wir wieder richtig auf die Füße gekommen sind.

Nat und Amelia gesellen sich zu mir und ich nippe an Natalies Milchshake. Das Erfreuliche ist, dass so ein Shake an diesem heißen Tag super erfrischt. Das Unerfreuliche ist, dass die beiden immer noch über die bescheuerten Leistungen fürs Jahrbuch quatschen.

»Was wirst du wohl aussuchen, Jess?«, fragt Nat.

»Tja, hm. Ich schätze, ich mache ja überwiegend Cartoons«, sage ich. Natalie und Amelia wechseln einen kurzen Blick. »Was denn?«

»Wir haben uns schon gedacht, dass du etwas in der Art sagen würdest«, meint Amelia bekümmert.

»Es ist nur« – Nat hält inne und sieht aus, als würde sie sich darum bemühen, taktvoll zu sein –, »gut zeichnen zu können, eignet sich nicht wirklich als besondere Leistung«, erklärt sie freundlich.

»Wieso nicht?«, frage ich überrascht. »Das ist mein Ding«,

»Nun, es ist kein *Ding*«, behauptet Nat.

»Es ist sehr wohl ein *Ding*«, gebe ich kindisch zurück.

»Jess, ich sage dir das, weil ich dich lieb habe: Es ist kein *richtiges* Ding«, erklärt Nat geduldig.

»Hast du mit meinen Eltern geredet?«, frage ich sie.

»Nein, warum?« Sie klingt verwirrt.

»Na, komm schon«, beknie ich sie. »Der Cartoon, den ich von unserer Schule als Hölle gezeichnet habe und der überall herumgezeigt wurde? Der Comic, den ich mit Joshua und Tanya aufgebaut habe? Der ist berühmt in der Sechsten – ich werde ständig gebeten, etwas auf Schulhefte zu zeichnen. Ich bin *die* Cartoonistin. Das ist sogar mein Spitzname und alles.«

»Aber die Sache ist so«, versucht Amelia mir klarzumachen, »dass du mit drei anderen am Comic arbeitest. Damit ist er nicht allein *dein* Ding. Und diese drei anderen haben darüber hinaus noch andere Sachen vorzuweisen.«

»Ja, sie sind alle noch in anderen Sachen gut«, pflichtet Natalie ihr bei. (Will sie damit andeuten, dass es *nichts* gibt, worin ich sonst gut bin? Oh Gott, gibt es *nichts*, worin ich sonst gut bin? Habe ich *alles* auf die sprichwörtliche eine, wenn auch hervorragend gezeichnete, Karte gesetzt? Haben meine Eltern womöglich *recht*?)

»Denk trotzdem mal darüber nach«, sagt Amelia und nimmt einen weiteren Schluck von ihrem Milchshake. Ich nicke und bin dabei völlig neben der Spur.

»Ist das nicht wunderbar?«, sagt Natalie selig mit einer raumgreifenden Geste. »Riecht ihr ihn auch, diesen Duft nach Sommerwind?« (Die Tür wird aufgestoßen, und die hereinwehende Luft riecht überwiegend nach Abgasen, aber ich meine darin einen Hauch von Sommerwind zu erschnuppern.) »Und wir haben unser ganzes Leben noch vor uns!«, fügt sie vergnügt hinzu.

Ich lächle höflich, bin in Gedanken aber woanders. Ich bin mir nicht sicher, ob ich das *so* großartig finde. Zum ersten Mal bin ich wegen meiner Zukunft ein wenig beunruhigt und mache mir Sorgen, ob ich womöglich nicht das Rüstzeug dafür habe, sie zu bewältigen.

Ich meine, es ist eine Sache, die Bedenken meiner Eltern abzuschmettern. Aber wenn ihre Ansichten sogar von meinen *Mitschülern* geteilt werden …? Da müsste ich verrückt sein, wenn ich mir das nicht zu Herzen nähme. Was ist bloß los?

Daheim gehe ich in die Küche, gerade als meine Schwester Tammy zur Hintertür hereinkommt. »Keine Sorge, ich bleibe nicht lange«, sagt sie zu Mum, die genervt aussieht. »Ich bleibe nicht mal zum Abendessen.«

»Es würde dir sowieso nicht schmecken, du Körnerfresserin. Es gibt Würstchen und Kartoffelpüree und es ist gleich fertig«, erwidert Mum gereizt.

»Wie wär's mit einer Tasse Tee?« Dad kommt in die Küche und stellt Teewasser auf. Mum nickt dankbar.

Ryan kommt auf den Knien in die Küche gerobbt und grapscht nach Dads Beinen. »Hab dich!«, kreischt er Dads Hose an. »Stirb, du böses Monster! Stirb!«

»Geh bitte aus dem Weg, Ryan«, sagt Dad. »Ich muss Tee machen.«

»Niemals!«, kreischt Ryan. »Daddy? Egal, was du tust, du darfst mich auf keinen Fall kitzeln.«

Also *wirklich*, Kinder denken, sie würden umgekehrte Psychologie beherrschen, aber sie stellen sich dabei unheimlich bescheuert an.

»Oh, ich habe überhaupt nicht vor, dich zu kitzeln«, sagt Dad sachlich. »Nicht im Geringsten.« Plötzlich hechtet er Ryan entgegen und kitzelt ihn. Ryan quiekt begeistert und lässt Dads Beine los. Dad entwischt und holt die Teetassen aus dem Schrank.

»Ryan, steh von dem dreckigen Boden auf«, befiehlt Mum. »Tammy, geh nach Hause. Wir sind beschäftigt. Jessica …« Sie hält inne. Möglicherweise wird ihr gerade klar, dass wir uns noch nicht einmal begrüßt haben. »Hallo, Schatz. Wie war's in der Schule?«

»Dadddddiiiiiiie!« Ryan wirft sich noch einmal an Dads Beine.

»Das *reicht* jetzt, Ryan«, sagt Dad mit seiner strengen Stimme. Davon überrascht, setzt Ryan sich enttäuscht auf. »Ich koche hier Wasser, das ist gefährlich. Wir spielen später.«

Von dem Versprechen besänftigt, geht Ryan wieder ins Wohnzimmer, um Lady zu suchen.

Tammy fängt an, im Küchenschrank herumzukramen. »Ich brauche nur … Übrigens, warum habt ihr hier so viele Plastiktüten? Ihr solltet Stoffbeutel nehmen, die kann man wiederverwenden.«

»Na hör mal«, sagt Mum entrüstet. »Wir verwenden sie ja wieder!«

Tammy fischt einen Kassenbon aus einer der Tüten. »Papier«, verkündet sie nahezu triumphierend. »Ihr wisst schon, woran man erkennt, ob man es recyceln kann, oder? Ihr müsst nur – Augenblick mal … Wow! Ist das …?« Tammys Blick bleibt an dem Bon hängen. Es hat ihr vorübergehend die Sprache verschlagen.

»Tammy«, seufzt Mum. »Worin auch immer das Problem besteht, es tut uns wirklich sehr leid. Könntest du jetzt bitte –«

Tammy hält inne und sieht Mum ehrfürchtig an. »Wie konntest du für einen Wocheneinkauf für eine vierköpfige Familie so wenig Geld ausgeben?«

Der Bon muss entweder aus der Zeit stammen, als wir auf Sparkurs waren oder als wir diesen Gürtel-enger-schnallen-Mist durchgezogen haben.

»Oh.« Die Frage scheint Mum genauso unvorbereitet zu treffen wie Tammy die Entdeckung des Kassenbons. »Nun, ich koche viel aus Grundzutaten«, sagt Mum nachdenklich. »Und ich überlege mir genau, was ich kaufe.«

»Mum«, sagt Tammy ernst und starrt Mum staunend an. »Ich hätte nie gedacht, dass ich das einmal sagen würde, aber du musst mir Kochen beibringen.«

Wir wechseln alle entgeisterte Blicke.

4. kapitel

»Aber ich dachte, Essen sei *nur Treibstoff* und Kochen eine protzige, spießige Angelegenheit«, sagt Mum, die es, glaube ich, immer noch nicht ganz fassen kann und sich gleichzeitig über diesen unerwarteten Sinneswandel freut.

»Ja, schon gut«, sagt Tammy. »Tu dir keinen Zwang an.«

»Das waren deine Worte, Tammy«, sagt Mum vernünftig. »Ich meine mich zu erinnern, dass du mir das zum Abschied um die Ohren gehauen hast, als du vor einem Jahr ausgezogen bist, um an die Uni zu gehen.«

»Ja, schon, aber ich hatte ein Jahr lang Zeit, bei Vollkornnudeln mit Ketchup darüber nachzudenken«, sagt Tammy.

»Und?«, sagt Mum gedehnt. »Du willst doch nicht etwa andeuten …«

»Ja«, sagt Tammy. »Es kommt nicht oft vor, aber ich gebe zu, dass ich mich vielleicht geirrt habe.«

»Das dürfte das erste Mal sein, dass ich das von dir höre«, sagt Dad.

Mum verschränkt die Arme und sieht Tammy an. »Aha«, sagt sie, »du interessierst dich also für spießige, wohlschmeckende Küche?«

»Nein«, erwidert Tammy fest. »Ich bin daran interessiert zu lernen, wie man sparsam wirtschaftet. Das ist eine wichtige Fertigkeit, Mum. Besonders in diesen schweren Zeiten.«

Das ist das seltsamste Abendbrot überhaupt. Tammy macht sich ein Sandwich mit Hefepaste (schließlich ist sie Vegetarierin) und setzt sich zu uns an den Tisch. Dann quatschen sie und Mum die ganze Zeit darüber, wie man einen Shepherd's Pie aus Grundzutaten herstellt, während Tammy sich alles auf dem Telefonblock notiert.

So eine nette Unterhaltung gibt es zwischen Mum und Tammy selten. Mum wirkt hin- und hergerissen. Ich glaube, ein Teil von ihr fühlt sich geschmeichelt, aber es beunruhigt sie auch ein wenig.

Mich beunruhigt es auch. Ich fühle mich viel sicherer, wenn sich alle anschreien. Da weiß man wenigstens, woran man ist.

»Lammfleisch ist köstlich«, sagt Mum gerade.

»Nun, ich muss wohl Quorn oder Tofu verwenden«, erwidert Tammy und schreibt eifrig mit.

»Das schmeckt bestimmt nicht so lecker«, wende ich ein.

»Pst«, zischt Tammy mir zu. »Hör auf dazwischenzuquatschen.«

»Es gibt Tricks, wie man den Geschmack verbessert«, sagt Mum. »Die geheime Zutat ist Currypulver.«

»Du gibst Currypulver in Shepherd's Pie?«, entfährt es mir überrascht.

»Nur eine Prise, nicht zu viel«, erwidert Mum.

»Ich habe gesagt, du sollst aufhören dazwischenzuquatschen«, fährt Tammy mich an.

Wenn Tammy mich anmotzt und tatsächlich zuhört, was Mum ihr zu sagen hat, dann weiß man, dass die Welt verrückt geworden ist. Ich meine, was kommt als Nächstes? Ein grüner Himmel und blaues Gras?

Dann fragt Tammy mich: »Wie kommst du mit dem Cartoon voran, Großmaul?«

»*Großmaul?*« Ich bin beleidigt. »Es ist mein gutes Recht, überrascht zu sein, wenn in meinem Lieblingsgericht plötzlich Currypulver ist«, sage ich eingeschnappt.

»Bist du damit schon fertig?«, fragt Tammy.

»Beinahe«, schwindle ich. »Ich muss nach dem Abendbrot noch ein bisschen daran arbeiten.«

»Prima.« Dann fragt sie Mum weiter Löcher in den Bauch.

»Was ist denn in Tammy gefahren, dass sie plötzlich so auf Kochen steht?«, frage ich später meinen Dad, als er das Geschirr spült, während der Rest der Familie im Wohnzimmer sitzt und Tee trinkt.

»Ach weißt du, wenn man immer mit Scheuklappen durch die Welt rennt, dann findet man das Offensichtliche erstaunlich«, meint Dad ausweichend.

»Daddddddiiiiiiie!« Ryan kommt hereingelaufen und klammert sich kichernd an Dads Beine. »Du darfst mich auf keinen Fall kitzeln.«

»Raus mit euch allen.« Mum und Tammy marschieren voller Tatendrang in die Küche. »Ich werde Tammy jetzt *zeigen*, wie man Shepherd's Pie macht.«

Wieso habe ich nur behauptet, ich wäre beinahe fertig?, schimpfe ich mit mir selbst, als ich später an meinem Schreibtisch sitze und immer noch keinen Plan habe, was ich zeichnen soll. Und warum haben alle anderen bloß so eine schlechte Meinung von Cartoons?

Ich bin immer noch nicht darüber hinweg, wie Natalie und Amelia sich vorhin im McDonald's geäußert haben. Oder Mum und Dad gestern. Ich meine, klar, von meiner Mum habe ich nichts anderes erwartet. Aber es kommt mir sehr scheinheilig vor, dass auch Dad sich ihrer Meinung angeschlossen hat.

Wo er doch bis vor Kurzem noch auf einem Baum gelebt hat wie ein verantwortungsloser Spinner. (Er hatte so eine Art kleine Midlife-Crisis und hat sich Tammy angeschlossen, die mit einer Protestaktion den Wald retten wollte.)

Übrigens, als er »so seltsam drauf war« (wie Mum es ausdrückte), hat er mich dazu ermutigt, meinen Traum zu verwirklichen und Künstlerin zu werden. Er sagte immer wieder, das Leben sei zu kurz, um seine Träume nicht zu leben. Und jetzt ist er plötzlich wieder ganz der vernünftige Dad, der sich lieber um den Vorgarten kümmert, anstatt die Welt zu retten.

Das ist ein starkes Stück von ihm, denn erstens ist unser Rasen immer noch voller Gänseblümchen und Löwenzahn, und zweitens hat er während seiner Baumbesetzung ein paar Gleichgesinnte getroffen, von denen einer ihm einen Job angeboten hat. Jetzt hat er quasi seinen Traumberuf bei der Umweltschutzvereinigung *Green Fortis*.

Er ist viel glücklicher als in seinem alten Job. Außerdem gibt es ein paar tolle Extras, zum Beispiel gratis Bio-Schokolade. Der Dienstwagen ist natürlich ein Nachteil, aber man kann nicht alles haben.

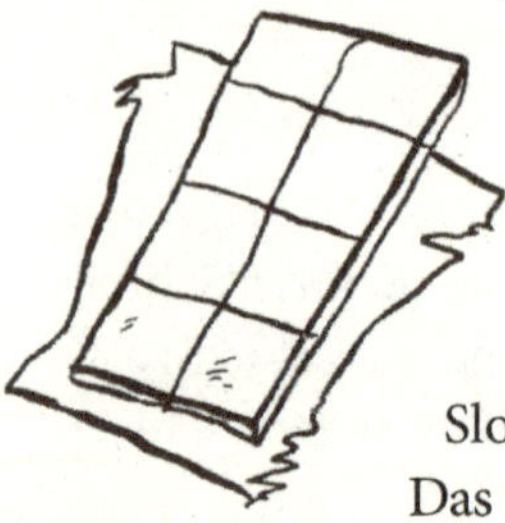

Das Auto ist neongrün, und an der Seite steht in großer, gelber Schrift der Slogan: »Lebe den elektrischen Traum!« Das Grün soll wohl für Umweltschutz stehen, aber der Farbton lässt mich eher an Werbung für Brauselimonade denken.

Dads Wandlung war wie eine Lektion, die lautete: Mach dir nichts aus materiellen Dingen, dann wirst du reich belohnt. Darum finde ich es scheinheilig, dass er mich dazu nötigt, einen richtigen Job anzustreben, der mich höchstwahrscheinlich so unglücklich machen wird, wie er es gewesen ist. Der Fairness halber muss ich sagen, dass er Kreativität immer noch mehr zu schätzen weiß als Mum.

Uff. Egal. *Was könnte ich Witziges für eine politische Kampagne zeichnen …?* Es soll die Menschen dazu bringen, Erderwärmung und Klimaveränderung auf völlig neue Art zu sehen. Oh

Gott, es ist hoffnungslos. Ich lege meinen Kopf auf den Schreibtisch und stöhne leise. *Nein.* Na komm schon, *du schaffst das.*

Ich setze mich wieder aufrecht hin. Okay, also, wie denken die Menschen jetzt über den Klimawandel? Nun, Tammy meint, sie würden sich »einen Dreck darum scheren«. Also schätze ich, dass ihnen das Problem nicht real vorkommt.

Erst in der Zukunft wird es *real* werden, und man kann keine *konkrete* Zukunft zeichnen, man kann nur raten, wie diese aussehen würde. (So wie ich mir vorgestellt habe, dass in der Zukunft Außerirdische unsere Schule leiten – das könnte durchaus passieren.)

Ich könnte also eine Zukunft zeichnen, in der alles fast vollständig unter Wasser stattfindet. Aber das ist nicht *witzig*, es ist traurig. Außer man ist ein Fisch. *Hey* … Außer man ist ein Tier, das schwimmen kann. Dann ist es für einen nicht nur in Ordnung, es ist sogar besser, weil es weniger Menschen gibt, die einen essen wollen. *Hmmmm.*

Ich bleibe sitzen, denke weiter nach und lasse mir alle möglichen Bilder von Meeresbewohnern durch den Kopf gehen. Sind sie glücklich? Sind sie schwermütig? Vermissen sie die Menschen? Ist das Meer total überbevölkert, wenn niemand Fischfang betreibt? Es wäre doch sicher ein Paradies für sie, oder?

Vielleicht würde eine neue blöde Tierart die Menschen ersetzen? Vielleicht wären Quallen die nächsten nervigsten Geschöpfe und alle würden sie mobben.

Plötzlich strotze ich nur so vor Einfällen. Aber ich kann sie nicht alle verwenden und sie sind noch nicht ganz stimmig. Ich liebe Brainstorming.

Während ich meinen Gedanken freien Lauf lasse, wird mir klar, dass ich den Cartoon aus dem falschen Blickwinkel betrachtet habe. Es geht nicht darum, was an Überflutungen witzig ist, eher ums Gegenteil. Komödie ist Tragödie plus Zeit. Oder so.

Endlich lege ich mich auf eine Idee fest, die mir gefällt. Zwei Delfine im Meer unterhalten sich miteinander. Einer sagt zu dem anderen: »Ich weiß noch, als hier überall Felder waren.«

Ich hoffe sehr, dass ich damit den richtigen Ton treffe. Es ist eine neue Auslegung dieser nervigen Phrase, die Erwachsene benutzen, wenn sie a) ihr Alter betonen wollen und sich b) über die Veränderungen beschweren wollen, die das moderne Leben in ihre vertraute Umgebung gebracht hat. (Dad sagt das jedes Mal, wenn wir an der Neubausiedlung vorbeifahren, die kürzlich im Grüngürtel der Stadt entstanden ist.) Der Gag dabei ist, dass jetzt nicht Häuser die Felder bedecken, sondern Wasser, weil sich die Menschen nicht richtig um die Umwelt gekümmert haben.

Hoffentlich ist das witzig, ohne zu düster zu sein, und der Überraschungseffekt durch die Gegenüberstellung von Vertrautem und Neuem wird die Menschen dazu bringen, die Klimaveränderung mit neuen Augen zu sehen.

Puh.

5. kapitel

Tammy war von dem Cartoon begeistert! Himmel, ich fühle mich tausendmal besser, als ich am nächsten Morgen im Schulbus sitze. Wieso habe ich mich nur von allen mit ihrer negativen Einstellung so runterziehen lassen?

Klar, nicht jeder kann mit Cartoons etwas anfangen. Aber lasst doch bitte die Leute, die sie mögen, in Frieden. *Ehrlich.* Dieser ganze Quatsch wegen der herausragenden Leistungen. Wen kümmert es, was man Besonderes leistet? Ich zeichne für mich selbst, weil es mir Spaß macht. Ich brauche die Bestätigung der anderen nicht. (Außer der von Tammy, wie es aussieht.)

Auf jeden Fall ist es mir egal, ob sich alle deswegen wieder mit mir anlegen. Die Cartoons werden meine Leistung sein oder gar nichts. Ob es euch passt oder nicht. *Idioten.* Haha.

Als ich ins Klassenzimmer komme, streitet sich Harriet Van-Derk gerade mit Amelia und Natalie.

»Ich muss aber darauf bestehen, dass ich eine ganze Liste von herausragenden Leistungen eintragen darf«, sagt Harriet.

»Kommt nicht infrage«, sagt Nat. »Du musst eine einzige Sache aussuchen.«

»Aber das ist unmöglich, denn ich bin in so *vielen* Dingen gut«, beklagt sich Harriet.

Harriet hält sich für etwas Besonderes, und das bringt alle in Rage. Mich eingeschlossen, obwohl ich versuche, dagegen immun zu sein.

»Tja«, erwidert Amelia mit gezwungenem Lächeln, »such dir das aus, worin du meinst, am *besten* zu sein.«

»Du hörst mir überhaupt nicht zu. Ich bin in allem, was ich tue, gleich gut!« Harriet ist aufgebracht.

»Wir haben dir die Sachlage jedenfalls erklärt«, meint Nat ausdruckslos.

»Warum nimmst du als Leistung nicht: *in allem am besten*«, scherze ich und lasse meinen Ranzen aufs Pult fallen.

»Ich weiß, dass du dich über mich lustig machst, Jessica.« Harriet beäugt mich kritisch. »Aber das ist gar keine so schlechte Idee. Wie sonst könnte ich Höhere Mathematik, Mandarin-Chinesisch, Klavierspiel Stufe 6 und herausragende Noten unter einen Hut bringen?«

Amelia ist kurz davor, in Lachen auszubrechen, und rettet sich mit Sarkasmus. »Das ist ganz schön schwierig, was?«, meint sie einfältig lächelnd. »Du hast so viele Eisen im Feuer, warum nimmst du als Leistung nicht: *überambitioniert in allem außer Kunst*?«

Uh, Volltreffer! Das ist Harriets wunder Punkt. Sie betrachtet alles als Wettbewerb. Es reicht ihr nicht, in so gut wie allem die Beste zu sein. Als Mrs Cooper meine Bühnenbilder denen von Harriet vorzog, hat sie sich tierisch geärgert und die ganze Zeit versucht, mich herumzukommandieren (obwohl ihr das gar nicht zustand).

»Ich weiß genau, was du da versuchst«, sagt Harriet. »Aber ich bin über Mrs Coopers lächerliche Bevorzugung längst hinweg. Über Geschmack lässt sich nicht streiten. Ich habe das damals schon hinter mir gelassen und war sehr hilfsbereit, obwohl die Inszenierung künstlerisch sehr zu wünschen übrig ließ. Ich sollte meiner Liste noch Teamgeist und Professionalität hinzufügen.«

Amelia und ich starren sie mit offenem Mund an. Ich weiß, dass die VanDerks dazu neigen, die Geschichte umzuschreiben, aber das schlägt wirklich dem Fass den Boden aus. Ich meine, das ist das krasse Gegenteil von dem, was wirklich passiert ist.

Amelia erholt sich als Erste von dem Schock. »Das ist *witzig*«, sagt sie. »Denn ich erinnere mich daran, dass du Ärger bekommen hast, weil du uns unentwegt sabotiert hast.«

»Ist doch gehupft wie gesprungen«, spotte ich. »Lassen wir die Haarspaltereien, Amelia. Leute zu sabotieren, ist doch im Grunde ein Synonym für Professionalität.«

Natalie und Amelia lachen, was mich glücklich macht, denn Harriet benimmt sich mir gegenüber sehr kränkend. Wieder mal. Dennoch fühle ich mich manchmal nicht wohl dabei, einen Witz auf Kosten einer Person zu machen, über die dann alle lachen. Selbst wenn diese Person fies ist und es verdient hat.

»Ja, zieht es ins Lächerliche.« Harriet wendet sich an mich. »Ist das deine Leistung, Jessica? Klassenclown? Genieß es, solange du kannst. Ich bin nämlich sicher, dass Mrs Cooper deine Bühnenbilder nur aus einem einzigen Grund verwenden wollte: damit du dich besser fühlst, weil du in allem anderen so eine Versagerin bist.«

Es ist, als hätte sie mir eine Ohrfeige verpasst. Adrenalin schießt durch meine Adern und in meinem Kopf braust es vor rechtschaffener Wut. Wie kann sie es wagen? Aber nach außen hin bleibe ich ruhig und sage: »Toll, dass du wirklich schon komplett darüber hinweg bist«, was Natalie und Amelia wieder zum Lachen bringt.

»Ach ja? Nun, wenigstens bin ich kein Sozialfall!«, schießt Harriet zurück.

»Oh, verzieh dich einfach!«, schreit Nat Harriet an. »Hör auf, so fies zu Jess zu sein.«

»Na gut, ich gehe«, sagt Harriet. »Unfassbar, dass ihr beide für das Jahrbuch zuständig seid. Das hätte mir zugestanden. Ich würde es *viel* besser hinbekommen.«

»He, hör nicht auf Harriet«, sagt Nat und legt einen Arm um mich. »Du bist nicht der Klassendepp.«

»Ich weiß«, sage ich und fühle mich plötzlich, als müsste ich mich verteidigen. Warum meint sie, das betonen zu müssen?

Ich glaube echt nicht, dass Mrs Cooper meine Bühnenbilder aus Mitleid ausgewählt hat. Und in anderen Fächern bin ich gar nicht sooo schlecht. Wieso sollte eine Lehrerin so etwas überhaupt tun? Das kommt mir höchst unwahrscheinlich vor. Mrs Cooper hat sich nicht aus den falschen Gründen für meine Bühnenbilder entschieden. Ganz bestimmt nicht. Oder doch?

Herrje, man sollte meinen, so kurz vor Schuljahresende müsste alles *einfacher* werden, aber mein Leben ist zurzeit die reinste Achterbahnfahrt. In der einen Sekunde schwebe ich in den Wolken und bin total aufgeregt, weil ich einen tollen Delfin-Cartoon gezeichnet habe, den Tammy großartig findet. In der nächsten Sekunde bin ich wegen Harriet VanDerk am Boden zerstört und habe Angst, ein doofer Sozialfall zu sein.

Ich wünschte, ich könnte mich wie durch Zauberei wieder in den überglücklichen Zustand von heute Morgen versetzen, bevor ich mit Harriet gesprochen habe. Ich wünschte, ich hätte nicht gehört, was sie über Mrs Cooper gesagt hat. Aber ich habe es gehört, und das lässt sich nicht mehr rückgängig machen, und nun kann ich das Gefühl nicht abschütteln, dass es womöglich stimmt.

Ich meine, manche Erwachsenen versuchen ja wirklich, die Gefühle anderer zu schonen. Mum hat zum Beispiel mal eine Rakete, die Ryan gezeichnet hatte, an den Kühlschrank gehängt, aber man konnte nicht mal erkennen, dass es eine Rakete sein sollte. Er waren nur rote und gelbe Kringel.

Den Rest des Tages hat er sich mir gegenüber damit gebrüstet, dass ich nicht die einzige Künstlerin in der Familie sei. Als ich mich beschwert habe, sagte Mum nur: »Gönn ihm doch die Freude, er ist jünger als du.«

Erwachsene geben also manchmal vor, beeindruckter von Kindern zu sein, als sie es tatsächlich sind, um deren Selbstachtung zu fördern. War das bei mir auch so etwas? War mein Bühnenbild sozusagen meine *Kühlschrankrakete?*

Nein. Unmöglich. Aber … Nein, unmöglich. Aber … Waaaaah! Ich *hasse* Harriet VanDerk.

Die Nachmittagsschule am Donnerstag ist zur freien Gestaltung gedacht, damit man seine Hausaufgaben machen oder an den Grafikprogrammen des Computers herumspielen kann. Ich sitze mit Natalie und Amelia zusammen und helfe ihnen mit dem Jahrbuch.

»Wer hat die besten Chancen, Popstar zu werden?«, schlägt Natalie als Eintrag vor.

»Das ist gut.« Amelia nickt zustimmend und notiert es.

»Wer hat die besten Chancen, die Kronjuwelen zu klauen?«, frage ich. Nat kichert; Amelia notiert es.

»Wer hat die besten Chancen, von Außerirdischen entführt zu werden?«, fällt mir noch ein.

»Du bist ja von Außerirdischen besessen«, meint Amelia.

»Aber die Idee ist witzig«, sagt Nat. Amelia notiert es.

»Ah, wer hat die besten Chancen, einen Oscar zu gewinnen?«, sagt Nat. »Das wäre dann ich. Ich habe die besten Chancen, einen Oscar zu gewinnen.«

»Darfst du das überhaupt entscheiden?«, will ich wissen.

»Na klar, ich sitze im Jahrbuch-Komitee«, erwidert Nat.

»Dem zweiköpfigen Komitee?«, frage ich.

»Ja. Aber Tatsache ist, dass ich in der Schulaufführung die Hauptrolle gespielt habe, Jess.«

»Ach, hast du das? Hatte ich total vergessen. Das verlief so unauffällig und du erwähnst es nie.«

Nat lacht und boxt mir freundschaftlich in den Oberarm. »He!«

»Hallo Leute«, sagt Cherry, die zusammen mit Shantair zu uns kommt. Die beiden sind meine Freundinnen aus dem Schachclub. Sie sind schüchtern und klug und mögen es nicht, wenn ich sie im Unterricht ablenke.

»Wir haben gerade am Computer unsere Jahrbuchfotos für euch ausgedruckt.« Shantair reicht sie rüber.

»Wow, cooles Bild von dir als Feiger Löwe!«, sage ich zu ihr. »Du siehst toll aus.«

»Danke.« Shantair lächelt schüchtern. Ich hatte mir Sorgen gemacht, ob sie wegen ihrer Unsicherheit die Rolle des Feigen Löwen bekommen hatte, aber sie hat wirklich gut gespielt. Sie geht auch privat in eine Theatergruppe.

Cherrys Bild ist von letzter Woche, als sie das Schachturnier gewonnen hat. »Ich denke, das könnt ihr auch als meine Leistung verwenden«, sagt sie.

»Na klar«, sagt Nat, während Amelia die Fotos sorgfältig einsammelt.

»Klasse!«, schwärme ich, während mir zugleich immer mulmiger zumute wird. Ich habe immer noch keine Leistung vorzuweisen, die vom Komitee akzeptiert wird. Ich kann ganz gut Schach spielen, aber nicht gut genug, um sagen zu können, das wäre mein *Ding*.

Die beiden gehen zu ihrem Computer zurück und wir machen mit dem Ideenbrainstorming für die Rubrik »Wer hat die besten Chancen?« weiter. Wir finden, dass wir für jeden etwas Nettes (Langweiliges, Normales) und etwas Witziges finden sollten, damit niemand beleidigt sein kann. Ich sprudle mit allem heraus, was mir einfällt (die Gedanken sind frei), und bald haben wir eine beeindruckende Liste zusammen:

Hat die besten Chancen, in einen offenen Kanaldeckel zu fallen.

Hat die besten Chancen, einen Hot-Dog-Fresswettbewerb zu gewinnen.

Hat die besten Chancen, im Bus einzuschlafen.

Hat die besten Chancen, beim Singen unter der Dusche erwischt zu werden.

Hat die besten Chancen, einen Nobelpreis verliehen zu bekommen.

Hat die besten Chancen, *X Factor* zu gewinnen.

Hat die besten Chancen, Lehrer zu werden.

Hat die besten Chancen, im Unterricht mit Süßigkeiten erwischt zu werden.

Hat die besten Chancen, den Weltrekord im Furzen aufzustellen.

Hat die besten Chancen, im Lotto zu gewinnen, aber das Los zu verlieren.

Hat die besten Chancen, dass eine Stadt nach ihm benannt wird.

Hat die besten Chancen, zu entdecken, dass er einen verschollenen Zwilling besitzt.

Wir kichern gerade über »Hat die besten Chancen, sich versehentlich im Klo einzusperren« (was Nat für etwas zu fies hält, um es tatsächlich zu verwenden), als meine Freundinnen Emily, Megan und Fatimah mit ihren Fotos herüberkommen. Sie sind diejenigen von meinen Freundinnen, die im Unterricht gerne Quatsch machen, und ich liebe es, mit ihnen zu tuscheln, obwohl wir gerade lernen sollten.

Auch ihre Fotos sind richtig klasse. Fatimah hält ein wirklich süßes Kätzchen auf dem Arm. Als Natalie das sieht, quiekt sie vor Entzücken. Emily sitzt auf einer hohen Mauer, hinter sich einen herrlichen blauen Himmel, und Megans Foto wurde in *Harry Potter Land* aufgenommen. Sie grinst und zeigt die hochgereckten Daumen.

»Großartig, danke. Habt ihr euch schon eure besonderen Leistungen überlegt?«, fragt Amelia.

»Oh, äh, klar, in Ordnung«, sagt Emily. »Wie wäre es damit?« Mit diesen Worten steckt sie sich ihre komplette Faust in den Mund.

Amelia starrt sie mit offenem Mund an. Natalie sagt ganz langsam: »Wow!«

Ich hatte vergessen, dass Emily das kann, und muss über Amelias Reaktion kichern. Ich weiß, dass Amelia so etwas nicht beeindruckt, da sie immer noch etwas hochnäsig ist, und dass sie das bestimmt ein wenig ordinär findet.

»Soll das etwa deine Leistung sein?«, fragt Amelia.

»Klar. Ist mit ›Leistungen‹ nicht so etwas gemeint?«, erkundigt sich Emily. »Ich wette, das kann niemand außer mir.«

»Stimmt«, sagt Megan. Sie und Fatimah versuchen sofort, sich die Faust in den Mund zu stopfen, und ich mache obendrein auch noch mit.

»Icht cherchligcht chwer«, brabble ich und ziehe die Faust wieder zwischen den Zähnen hervor.

»Na gut, wenn du dir sicher bist«, sagt Amelia höflich und notiert es sich. »Was ist mit euch beiden?«

»Ich habe die sauberste Handschrift«, sagt Fatimah.

»Und ich habe im Sport heute den Hundertmeterlauf gewonnen«, sagt Megan strahlend. »Ich habe sogar die Jungs geschlagen. Meine Leistung ist Schnelligkeit.«

»Das sind alles so tolle Leistungen«, staune ich.

»Und was ist deine?«, fragt Emily. »Dass du das Spiel *Was wäre dir lieber?* erfunden hast?«

»Ja, schön wär's«, sage ich. »Aber das ist nicht von mir. Das habe ich mal woanders gespielt und dann hier in der Schule eingeführt.«

»Dann wäre deine Leistung, dass du das Spiel *Was wäre dir lieber?* so beliebt gemacht hast.« Amelia sieht von ihren Notizen auf.

»Alle bitte mal herhören!«, sagt Mrs Cole. »Beendet jetzt, was ihr angefangen habt, und fahrt die Computer runter.«

»Oh, wir müssen los.« Emily, Megan und Fatimah eilen an ihre Bildschirme zurück, um sich auszuloggen.

Ich frage Amelia und Natalie: »Seid ihr *immer* noch dagegen, dass ich Cartoons als besondere Leistung nehme? Emilys Leistung ist, dass sie sich die Faust in den Mund stecken kann.«

»Nun, wie sie es gesagt hat: Sie ist die *Einzige*, die das kann«, gibt Nat zu bedenken. »Aber Cartoons zeichnen können viele Leute.«

Un-*fass*-bar.

6. kapitel

SEUFZ! Könnte sein, dass ich mir vom vielen Seufzen auf dem Heimweg die Speiseröhre verrenkt habe.

Und ich seufze erneut, als ich die Haustür öffne, doch dann steigt meine Laune etwas, als sich Lady mir in den Weg legt und mir den Bauch hinhält, damit ich sie kraule. Also tue ich ihr den Gefallen.

SEUFZ!

Ich verstehe wirklich nicht, warum Natalie und Amelia mir nicht einfach erlauben, Cartoons als meine herausragende Leistung zu nehmen.

Ich weiß, dass ich damit noch keinen *Preis* gewonnen habe, und es lässt sich nicht *empirisch* beweisen oder so, dass ich die Beste darin bin (nicht so wie bei Cherry mit ihrem Schachpokal), aber ich bin auf jeden Fall diejenige, die Cartoons am allermeisten mag. Das sollte doch auch zählen, oder?

Ich glaube, die beiden sind einfach störrisch und wollen keinen Rückzieher machen. Diese störrischen … Biester! (Das musste jetzt einfach raus.)

»Du hast *was* gemacht?«, höre ich Mum in der Küche rufen.

»Reg dich ab.« Diesmal ist es Tammy, die beschwichtigend auf Mum einredet, nicht Dad. Wo ist Dad? Er muss Mum sofort eine beruhigende Tasse Tee machen. *Umgehend.*

»Wie wär's mit einem Tee?«, höre ich seine Stimme. *Puh.*

Nun, der Waffenstillstand hat nicht lange gehalten. Ich frage mich, ob ich es wagen kann, die Küche zu betreten und herauszufinden, was passiert ist. Aber wie sich herausstellt, ist das gar nicht nötig.

»Du hattest kein Recht, die Rezepte, die ich dir verraten habe, in einen öffentlichen Blog zu stellen, wo jeder sie sehen kann!«, ruft Mum.

»Aber ich will den Leuten doch nur helfen!« Tammy klingt fassungslos. »Du verstehst eine Menge davon, wie man mit wenig Geld eine Familie gesund ernähren kann. Eine Menge Leute würden gerne wissen, wie man das bewerkstelligt. Möchtest du dein Wissen denn nicht mit anderen teilen?«

»Wieso hast du mich vorher nicht gefragt?«

»Ich hätte nicht gedacht, dass du etwas dagegen hast.«

»Ich möchte nicht, dass ein Haufen Spinner im Internet etwas über mich erfährt. Das ist gefährlich!«

»Der Tee ist gleich fertig!«, ruft Dad betont aufmunternd dazwischen, aber ich kann einen genervten Unterton raushören.

»Oh ja, es ist brandgefährlich«, meint Tammy sarkastisch. »Schließlich habe ich deinen Namen, deine Adresse und deine Kontonummer gleich dazugeschrieben.«

»Wie bitte?!«

»Ich mache Witze, das muss dir doch klar sein«, macht Tammy schnell einen Rückzieher. Sogar sie weiß, wann sie bei Mum die Grenze erreicht hat.

»Tee!«, übertönt endlich Dads freudiger Ausruf die beiden Streithähne. »Wie wäre es, wenn wir uns gemütlich zusammensetzen und alles vernünftig besprechen.«

Ich höre, wie die Küchenstühle gerückt werden, und vermute, dass es jetzt sicher ist reinzugehen.

Lady folgt mir, setzt sich und gähnt herzzerreißend. Mum, Dad und Tammy sitzen jetzt vor dem Laptop am Tisch.

»Warum schaust du dir den Blog nicht einfach mal an, bevor du die Sache rundheraus ablehnst?«, schlägt Tammy vor. Meine Mutter murmelt etwas, das sich anhört wie »Das ist das Allerletzte«, aber sie nippt an ihrem Tee und blickt nachdenklich drein.

»Ah, da ist sie ja!«, ruft Tammy aufgeregt, als sie mich sieht. »Die Frau der Stunde.«

»Was habe *ich* denn gemacht?«, frage ich misstrauisch. Ich weiß nicht, ob ich als Tammys Verbündete dastehen will, solange Mum noch sauer auf sie ist.

»Dein Cartoon ist viral geworden, du Hübsche!« Tammy klingt total aus dem Häuschen und scheint ihren ganzen selbstgerechten Zorn vergessen zu haben. »Ich *wusste*, dass du es schaffen wirst.«

»Was meinst du mit *viral geworden?*«, frage ich.

»Es hat die meisten Klicks auf Newsworth.«

»Was in aller Welt ist Newsworth?«, fragt Mum, drauf und dran, sich über meine Sicherheit im Netz zu sorgen.

Tammy verdreht die Augen. »Warum bin ich immer diejenige, die diese Familie ins einundzwanzigste Jahrhundert schleifen muss, während sie sich mit Händen und Füßen wehrt? Es ist eine Webseite mit Links zu unterhaltsamen und aktuellen Fakten, die von den Usern eingestellt werden. Mit Klicks kann man die Beiträge auf die Hauptseite pushen. Dadurch bekommen nur die beliebtesten Geschichten und Links die volle Aufmerksamkeit. Die Seite hat mehr als eine Million Besucher im Monat. Dank Jessica sind sich jetzt Tausende von Menschen mehr als zuvor der Gefahren des Klimawandels bewusst.«

»Dank mir?« Ich glaube, ich muss mich setzen. Ich meine: *Was?*

»Du bist berühmt!« Tammy strahlt. »Im Internet.«

»Nein, nein, nein.« Mum schüttelt den Kopf. »Jessica ist viel zu jung, um im Internet berühmt zu sein.«

»Keine Sorge, sobald ich meinen Blog richtig in Gang bekommen habe, wirst du auch noch berühmt werden«, sagt Tammy, die überhaupt nicht verstanden hat, worum es Mum geht.

»Du weißt ganz genau, dass ich das nicht gemeint habe«, sagt Mum gereizt und trinkt noch etwas Tee.

Ich setze mich. In meinem Kopf dreht sich alles. Mein Cartoon wird *im Internet geteilt?* Jede Menge Leute haben ihn gesehen? Sie haben meine Arbeit gesehen? Das ist unglaublich.

Ich dachte, der Cartoon würde vielleicht mal auf einem Flyer erscheinen oder so, aber … im Internet!

»Ja, setz dich. Ich zeige es dir gleich«, sagt Tammy. »Ich will Mum nur zuerst das hier zeigen. Also, das ist die Seite.«

»Ach, *wirklich?*« Mum klingt jetzt eher zufrieden als wütend. »Das ist recht hübsch. Ich mag die Farben.«

»Gut.« Tammy lächelt. »Ich habe dem Blog den Namen gegeben: *Günstig kochen für die Familie.*«

Günstig kochen für die Familie

»Mir gefallen die geschwungenen Buchstaben, die du verwendet hast«, sagt Mum.

»Super.« Tammy versucht, nicht allzu selbstzufrieden dreinzuschauen, so wie Eltern es tun, wenn sie ihr Kind mit einer List dazu gebracht haben, sein Gemüse zu essen. »Bis jetzt habe ich drei Rezepte hochgeladen.«

Tammy geht mit Mum alles durch, die von den meisten Sachen absolut begeistert ist. Aber es ist ihr ein wenig peinlich, dass Tammy ihren »besten Tipp für den günstigen Einkauf« verraten hat: Man findet heraus, wann genau die Lebensmittel reduziert werden, und geht dann erst einkaufen.

»Aber das ist genial«, beharrt Tammy und fügt hinzu: »Es ist allenfalls traurig, dass man heute zu solchen Mitteln greifen muss, aber es sollte dir auf keinen Fall peinlich sein. Die Bonzen, die die Krise verursacht haben, sind es, die sich schämen sollten.«

»Genau, die leben in Saus und Braus und werden fett wie Luxuskatzen«, meint Dad dazu.

Tammy achtet gar nicht auf ihn. »Wollt ihr jetzt sehen, was euer elfjähriger Superstar geschafft hat?«, fragt sie.

Ich gehe um den Tisch herum, damit ich sehe, was sie anklickt. Es ist mein Cartoon! Darunter stehen Informationen über die Kampagne gegen den Klimawandel und dass die Zeichnung von einer Elfjährigen aus unserer Stadt stammt.

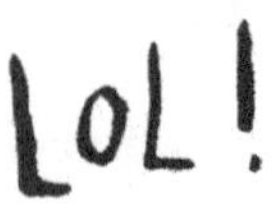

Drunter gibt es einige Kommentare, die sich zum Beispiel so lesen: »LOL! Wie wahr«, und: »Kaum zu fassen, dass das von einer Elfjährigen stammen soll!« Es gibt keine Ausnahme. Ich habe viel Schlechtes über die »dunkle Seite des Internets« gehört, aber hier stehen nur gute Sachen.

Oh mein Gott, ich bin *online*. Ich bringe Menschen zum Lachen. Menschen außerhalb meines Klassenzimmers. Das ist unfassbar. Es ist alles, wovon ich je geträumt habe. Mit nur elf Jahren habe ich mein Lebensziel bereits erreicht. Jetzt kann ich mich zur Ruhe setzen. Ich möchte nicht eingebildet klingen oder so, aber zur Hölle, *ich bin fantastisch!*

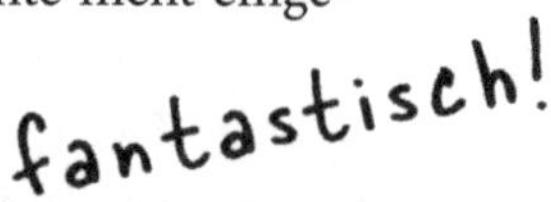

Eine Weile starren wir alle sprachlos auf den Bildschirm, dann sagt Dad: »Ich bin sehr stolz auf dich, Jessica.« Das rührt mich total. Jetzt ist wohl der falsche Zeitpunkt, um ihnen reinzureiben, dass sie mir gesagt hatten, ich solle aufhören mit dem Zeichnen, und wie sehr sie sich damit geirrt haben.

»Wir sind *alle* sehr stolz auf dich«, pflichtet Mum ihm bei. Sie ist jetzt viel entspannter, da Tammy ihr erklärt hat, dass sie meinen Namen nirgends gepostet hat, damit niemand mich ausfindig machen kann.

»Superstolz!« Tammy strahlt. »Es ist witzig, und es sorgt dafür, dass das Thema die nötige Aufmerksamkeit bekommt. Du hast es geschafft!«

7. kapitel

Das ist total seltsam. Meine Familie war noch nie zuvor stolz auf mich. Ich kenne nur so Sachen wie: dass sie meiner überdrüssig sind, mich peinlich finden oder sich für mich entschuldigen müssen. Aber dass sie auf mich *stolz* sind, ist mal was ganz Neues.

Ich meine, sie habe früher schon *gesagt*, sie seien stolz auf mich. Aber ich schätze, das haben sie nur gemacht, weil sie sich dazu verpflichtet gefühlt haben. Es wäre fies, seiner neunjährigen Tochter zu sagen, dass ihre Märchenmuffins dank des grünen Zuckergusses, für den sie sich entschieden

hat, wie Schleimbatzen aussehen und sich deswegen auf dem Wohltätigkeitsbasar fürs Altersheim so schlecht verkauften. Stattdessen mussten sie sagen, dass sie »absolut perfekt« gelungen seien und dass niemand sie »kaputt machen wollte, indem er sie aufaß«, und dass sie auf ebendiese Neunjährige unheimlich stolz seien. (Wobei ich die Neunjährige in dieser Geschichte bin.)

Seit dem Fiasko mit den grünen Muffins ist viel Wasser den Bach runtergeflossen. Diesmal hört es sich an, als würden sie es wirklich meinen. Und selbst falls sie es nicht so meinen, tun das eine ganze Reihe von Fremden. Ich bin eine Satirikerin mit Internet-Unterstützern.

»Oh, hi, Leute!«, begrüße ich Natalie und Amelia ganz locker am nächsten Morgen im Klassenzimmer.

»Du klingst glücklich«, bemerkt Nat.

»*Iiiiich?*« Um ehrlich zu sein, kann ich meinen Überschwang kaum verbergen.

»Ja, du.« Nat hebt fragend eine Augenbraue.

»Nun, es ist so, wie du neulich bei McDonald's gesagt hast«, sage ich. »Der Himmel ist blau und wir haben unser ganzes Leben noch vor uns.«

»Ja, und?«, fragt Amelia.

»Ach, ich weiß auch nicht«, sage ich ausweichend und fahre mit dem Finger den Rand meines Pults ab. »Nichts weiter, nur *ein gigantischer, unglaublicher Erfolg in meiner Karriere.*« Ich bin so aufgeregt, dass ich das blasierte Gehabe lasse und mich bei den letzten Worten verhasple.

»Was ist denn passiert?« Nat sieht zufrieden, aber verwirrt drein.

Rasch ziehe ich den Screenshot meines Cartoons auf der Newsworth-Webseite aus meiner Tasche. Ich dachte, es wäre einfacher, einen Ausdruck mitzubringen, als zu versuchen, die Seite auf meinem Handy zu laden. Und es wäre peinlich, wenn

mein Cartoon inzwischen schon durch einen Hund im Spinnenkostüm oder einen niesenden Panda ersetzt worden wäre.

»Was hat es damit auf sich?«, fragt Amelia.

Ich erkläre ganz ausführlich, wie mein satirischer Cartoon zur Internetsensation wurde. Ich freue mich darauf, sie wissen zu lassen, dass Cartoons-Zeichnen durchaus eine würdige Leistung sein kann – natürlich ohne es ihnen so richtig fett aufs Brot zu schmieren. Ich kann unheimlich gnädig sein.

»Das ist ja echt cool, Jess!«, ruft Nat.

»Ich weiß!«, quieke ich. »Nicht wahr? Ich bin so aufgeregt. Ich kann es immer noch nicht glauben.«

»Und ich dachte schon, du hättest irgendwo ein Stipendium bekommen oder so«, meint Amelia.

»Wieso?«, wundere ich mich.

»Na ja, du hast von deiner Karriere gesprochen.« Sie studiert mein Gesicht und fügt hastig hinzu: »Nee, aber das ist auch toll! Du hast was gezeichnet und auf eine Webseite gestellt.«

»Aber ich habe nicht … so war das doch gar nicht …«

»Und du kannst *so tolle* Delfine zeichnen«, unterbricht Nat, wie um mich zu besänftigen.

»Es geht nicht nur um die Delfine, es geht um das Gesamtkonzept«, sage ich. Haben sie mir überhaupt zugehört? Kapieren sie nicht, dass es sich um Satire handelt? »Und nicht ich habe es hochgeladen, sondern meine Schwester. Es ist Teil einer Kampagne. Andere Leute – Fremde – haben es durch ihre Klicks zum besten Beitrag gewählt. Tausenden von Leuten gefällt es!«

»Schon gut, schon gut, wir lassen dich Cartoon-Zeichnen als Leistung nehmen«, sagt Amelia kichernd und kopfschüttelnd. Als ob es mir nur darum gegangen wäre, wo es doch in Wirklichkeit höchstens zur Hälfte darum ging.

»Hört mal, ich habe das nicht wegen des blöden Jahrbucheintrags gemacht!«, sage ich verärgert.

»Auch gut, dann nimm eben nicht Cartoon-Zeichnen«, sagt Amelia.

»Nein, hör mal.« (Wie konnte das so falsch laufen?) »Ich nehme Cartoons als meine besondere Leistung.« (Falls es dir nichts ausmacht, herzlichen Dank.) »Aber ich habe keine Tausende von Leuten dazu gebracht, meinen Cartoon anzuklicken, nur um euch zu beeindrucken. Es ist einfach passiert und ich finde das unheimlich cool.«

»Das finden wir auch, Jess.« Nat lächelt.

»Ja, es ist cool«, sagt Amelia. Nicht besonders überzeugend.

Also ehrlich. Was ist nur mit meinen Freundinnen los? Der Fairness halber sollte ich sagen, dass Natalie wirklich angemessen beeindruckt zu sein scheint. Aber Amelia ist schon eine ziemliche Spaßverderberin. Ich schätze, sie hat nie wirklich verstanden, wozu jemand überhaupt Cartoons malt.

Immerhin werden Joshua und Tanya sich für mich freuen. Sie werden die Bedeutung verstehen. Sie werden es zu schätzen wissen, dass ich ein unfassbares Genie bin und das Internet zum Brennen bringe.

»Oh mein Gott! Das ist genial!«, ruft Joshua aus.

Seht ihr?

»Wundervoll!«, stimmt Tanya zu. »Das ist geil, Toons!«

Ich *wusste* es. Das sind die Reaktionen, die ich erwartet habe.

»High five!«, sagt Joshua und klatscht mich ab.

»Danke«, erwidere ich und kann nicht aufhören zu grinsen.

»Mensch«, sagt Lewis etwas zurückhaltender, aber ich vermute, dass er damit sagen will, er sei ebenfalls beeindruckt. Er macht mir sehr selten Komplimente.

»Ich hab immer schon gesagt, dass du Talent hast, von Anfang an«, stellt Tanya fest.

»So cool!« Joshua grinst.

»Ich weiß!« Beinahe hätte ich wieder gequiekt. Ich bin so glücklich. Ich liebe es, wenn alle mich für wunderbar halten, weil ich etwas Tolles geleistet habe. Das macht mich irre glücklich.

»Aber irgendwie ist es schon seltsam«, meint Lewis. »Dass irgendwelche Delfine so beliebt werden können?«

Irgendwelche Delfine? Du kommst ja fast um, so sehr freust du dich für mich, Lewis, denke ich sarkastisch. »Nun, Menschen mögen anscheinend Delfine«, sage ich bescheiden. Nicht zu vergessen, mögen sie meinen Scharfsinn, füge ich im Stillen hinzu. Es ist wirklich toll, wie bescheiden und bodenständig ich immer noch bin.

»Ich hätte gedacht, dass Roboter oder so viel beliebter wären«, denkt Lewis weiter nach. Lewis zeichnet eine

Menge Roboter, wenn ich es recht bedenke. Vielleicht ist er *neidisch.*

»Keine Sorge, Lewis, du wirst es auch noch schaffen«, sage ich liebenswürdig. Lewis funkelt mich düster an, bevor er sich wieder im Griff hat.

»Die ganze Sache mag etwas seltsam sein«, sagt er und sieht mich unverwandt an. »Aber ich denke, dass sie super für den Comic ist.«

»Den Comic?«, frage ich.

»Na und ob!«, ruft Tanya. »Du hast den Kopf nicht nur als Mützenhalter, was, Lewis? Gut mitgedacht. Das könnte wirklich tolle Werbung für den Comic sein!«

»Ja, das könnte uns echt helfen.« Joshua nickt. »Gut gemacht, Lewis.«

Halt, halt, halt! Wirklich tolle Werbung für *sie?* Gut gemacht, *Lewis?* Wer ist hier das Genie? Ich meine: Hallo! Das ist *mein* Augenblick des Ruhms!

Als sie Rollen im *Zauberer* gespielt haben, habe ich ihnen ihren Ruhm gegönnt. Ich sagte Sachen wie: »Gut gemacht, Joshua, du warst als Vogelscheuche echt witzig« und »Das war großartig, Tanya, du bist zum Schießen.«

Aber ich habe nicht gleich hinzugefügt: »He, vielleicht könntet ihr in euren Monolog etwas über die sechste Ausgabe des Comics einbauen? Lasst keine Chance ungenutzt, Leute.«

Wieso geht es bei allem *immer nur um sie?* Warum können sie mir nicht einfach mal fünf Minuten lang sagen, dass ich genial bin? (Wobei: Eigentlich haben sie es ja gesagt.) Aber wieso können sie es nicht ein paarmal mehr sagen, bevor sie anfangen, mich um einen Gefallen zu bitten?

»Es ist ein wirklich toller Cartoon«, sagt Lewis.

»Danke«, erwidere ich gnädig. Das gefällt mir schon besser. Vielleicht habe ich etwas vorschnell geurteilt.

»Wie hast du es dort hochgeladen?«, will er wissen.

»Weiß ich nicht. Meine Schwester hat es auf der Seite gepostet.«

»Dann finde heraus, wie sie es gemacht hat«, befiehlt Lewis.

»Gut mitgedacht«, sagt Tanya. »Schau, dass du an die Information kommst, Toons.«

»Hm-hm«, sage ich so höflich ich kann. »Und wozu braucht ihr die?«

Joshua redet weiter, als hätte ich nichts gesagt. »Leute, wir sollten uns sorgfältig überlegen, wie wir uns online präsentieren wollen. Ich bin nicht sicher, ob wir dafür schon bereit sind.«

»Ich bin dafür, dass wir das Eisen schmieden, solange es heiß ist«, sagt Tanya. »Ist prima Werbung und so. Wir können sagen: ein brandneuer Internet-Comic von dem Mädchen mit dem Delfin-Cartoon. So in der Art, wisst ihr.«

»Oh ja, das ist tatsächlich gut«, findet Joshua.

Das also ist mein Cartoon für sie? Eine reine Werbemöglichkeit? Ich kann nicht anders, als mich an den Rand gedrängt zu fühlen.

»Super gemacht, Toons!« Tanya schlägt mir fest auf den Rücken, woraufhin ich husten muss. »Du erstaunst mich immer wieder aufs Neue. Du hast es drauf. Du bist eine Rebellin, jawohl. Immer für eine Überraschung gut. Das gefällt mir.«

Jetzt fühle ich mich schon besser. Vielleicht habe ich überreagiert. Vielleicht ist es nur fair, wenn ein erfolgreicher Cartoon von einem von uns dabei hilft, uns alle ins Rampenlicht zu rücken. Wenn es umgekehrt wäre, würde ich das vielleicht auch erwarten.

Und mitten im Theaterstück konnten sie ja schlecht Werbung für den Comic machen, nicht wahr? Das ist also etwas anderes. Ich könnte dazu beitragen, dass der Comic richtig groß rauskommt. Und das ist gewaltig cool. Darüber hinaus verleiht es mir in gewisser Weise Macht. Nicht, dass ich auf so was Wert legen würde.

»Du hast Glück, dass dein Delfin-Cartoon zu unserem Stil passt«, sagt Lewis.

Was? Warum kann er nicht einfach den Mund halten?

Den Delfin-Cartoon habe ich in meinem *ganz persönlichen* Stil gezeichnet. Und man könnte sogar sagen (und damit recht haben), dass auch der Comic von *meinem ganz persönlichen Stil* geprägt ist, denn mit meinen witzigen Cartoons habe ich den ganzen Look geprägt. Nicht andersherum. Ich meine, Tanya hat mich *ein bisschen* gefördert, aber trotzdem.

Und dann höre ich mich selbst laut sagen: »Tatsächlich glaube ich nicht, dass es unser Stil ist, Lewis. Ich glaube, es ist mein einzigartiger Stil, und es ist *euer Glück*, dass ich den auch im Comic einbringe.«

Für eine Mikrosekunde erstarren alle. Ich schätze, das klang irgendwie arrogant. Ein bisschen.

»Ja klar«, sagt Tanya und sieht mich mit verengten Augen an, bevor sie beschließt, es mir durchgehen zu lassen. »Es ist ein genialer Stil. Okay, Toons, du wirst also bei jeder Gelegenheit, die sich bietet, Werbung für uns machen. Interviews und sonst was. Wirb für unseren Comic. Wir können durch Mundpropaganda dafür sorgen, dass die Leute neugierig darauf werden.«

»Interviews?«, hake ich nach.

Tanya nickt. »Was auch immer sich ergibt.«

»In Ordnung«, verspreche ich artig. Ha, als ob ich jemals Interviews geben würde. Aber ich mag Tanyas Optimismus.

Tanya strahlt. »Das wird klasse, Toons!«

»Oh ja!«, stimme ich zu. Ich bin *klasse*. Hauptsache, sie haben das kapiert.

Und ich werde liebend gern für den Comic werben, wenn sich irgendwelche Gelegenheiten ergeben. Schließlich liebe ich den Comic. Ich bin jetzt rundum erfolgreich. Es ist meine Aufgabe, den einfachen Leuten zu helfen. Ich werde auf jeden Fall einer dieser netten berühmten Leute werden, von denen man sagt, dass sie nicht vergessen haben, wo sie herkommen. Es ist wichtig zu wissen, wo man seine Wurzeln hat.

8. kapitel

»Monsterattacke!« Ryan rollt im Wohnzimmer herum und grapscht nach meinen Füßen.

»Angriff, Lady, Angriff! Friss die Füße!«, befiehlt er dem Hund, der ebenfalls herumrollt und an meinen Zehen zu schnuppern beginnt.

»*Ryan*«, sage ich müde und ziehe meine Beine aufs Sofa, um sie aus der Gefahrenzone zu bringen. »Ich möchte in Ruhe fernsehen.«

»Sie entkommt uns! Ihr nach!« Ryan springt neben mir aufs Sofa und ermutigt Lady, es ihm nachzutun, indem er aufs Polster klopft.

»Ryan, du weißt doch, dass Mum Lady nicht erlaubt, auf dem Sofa zu sitzen.«

Sofort macht Lady es sich gemütlich und legt sich hin, den Kopf auf meinem Schoß. Ihre Augen sehen treuherzig zu mir auf. Das ist wirklich süß, und natürlich bringe ich es jetzt nicht übers Herz, sie runterzuscheuchen.

»Lady, du bist als Monster völlig unbrauchbar.« Ryan seufzt. Immerhin setzt er ihr jetzt nicht mehr den Astronautenhelm auf. Obwohl ihr das zugegebenermaßen nichts ausgemacht hat.

Ich streichle Ladys Kopf. »Jetzt ist sie mein Monster«, sage ich zu ihm.

»Niemals!«, ruft mein kleiner Bruder. »Ich werde es dir zeigen, und du solltest wissen, dass du mich nur aufhalten kannst, indem du mich kitzelst. Also, was immer du auch machst, kitzle mich auf gar keinen Fall.«

Na toll, jetzt geht *das* wieder los. »Okay«, sage ich.

»Ich meine es ernst«, beharrt Ryan. »Wehe, du kitzelst mich, Jessica.«

»Mach ich nicht.«

»Niemals«, fügt er hinzu.

»Na gut«, sage ich. Dann: »Meinst du das hier?«, und fange an, ihn mit meiner freien Hand zu kitzeln.

Er quietscht vor Entzücken und rollt weg, bis ich nicht mehr an ihn herankomme. Dann hören wir Mum aus der Küche rufen. *Oh-oh, was ist denn jetzt schon wieder?*

»Kinder, das Abendessen ist gleich so weit. Warum macht ihr euch nicht nützlich und deckt den Tisch? Ich muss nur noch schnell etwas am Computer fertig machen.«

Hey, was macht Mum denn am Computer? Ich steige vom Sofa und gehe in die Küche, wo Ryan schon angefangen hat, Besteck auf den Tisch zu knallen.

Vorsichtig schiele ich zum Bildschirm und sehe, dass die Seite mit Tammys Ernährungs-Blog geöffnet ist. Mum schaut ihre eigene Webseite an. *Hmmm.*

»Läuft ganz gut oder?«, frage ich und nicke in Richtung Computer.

»Was meinst du damit?« Mum sieht für einen Moment verwirrt aus. »Ach, das hier? Ja, wirklich.« Sie strahlt voller Stolz. »Wenn du es unbedingt wissen willst, die Seite hatte schon eine Menge Besucher. Einige haben entzückende Kommentare hinterlassen. Sieht so aus, als würde ich eine Menge vom Kochen verstehen.«

»Das ist toll, Mum«, sage ich. »Was gibt es denn zum Abendessen?«

»Hm? Oh, Thunfischpastete. Das Rezept von der Webseite.«

Ich habe schon zugesehen, wenn Mum das macht. Sie nimmt einfach Thunfisch aus der Dose, Dosensuppe und Kartoffelchips und vermischt alles. Wenn sie es aufmotzen möchte, fügt sie noch eine Dose Mais hinzu. Dann kommt das Ganze in den Backofen. Es ist eins der sparsamsten Gerichte aus ihrem Repertoire.

»Und wie kommt es an?«, erkundige ich mich.

»Sehr gut«, sagt Mum.

Ich schätze, wenn man so wenig Geld wie möglich ausgeben möchte, dann ist die Thunfischpastete recht eindrucksvoll. Es geht nicht um Michelinsterne, sondern darum, den Kosten-Nährwert-Faktor zu optimieren, oder so ähnlich.

Ich muss zugeben, dass mir Mums Thunfischpastete wirklich schmeckt. Ich möchte nur nicht, dass sie sich zu viel darauf einbildet. Sie nimmt sich sowieso viel zu wichtig. Ganz im Gegensatz zu mir.

Das Telefon klingelt und Mum geht ran. Dabei murmelt sie, es sei das Allerletzte, dass ständig jemand den Notizblock woanders hinlegt.

»Ja, Hallo? Ja. Wirklich? *Wirklich?* Nun … ich bin nicht sicher. Ich muss sie fragen. Und es mit ihr besprechen. Ja, geben Sie mir Ihre Nummer.« In unsere Richtung sagt sie lautlos: »Gebt mir sofort diesen Block!« Ryan reicht Mum die Wasserrechnung. »Ja, gut. Das habe ich. Danke. Auf Wiederhören.«

»Worum geht es denn?«, frage ich, während ich den letzten Teller auf den Tisch lege.

»Das war die Lokalzeitung«, sagt Mum und sieht aus wie vom Donner gerührt. »Sie haben von deinem Cartoon gehört und möchten einen kleinen Bericht über dich bringen.«

Oh mein Gott, *oh mein Gott*. Die Lokalzeitung möchte einen Bericht über *mich* bringen! Ich lasse mir das nicht zu Kopf steigen und bleibe total cool.

Na gut, vielleicht habe ich mir ausgemalt, wie Nat, Amelia, Harriet

VanDerk, meine Freunde vom Comic und so ziemlich jeder andere an der Schule dreinschauen wird, wenn sie erfahren, dass ich ein Superstar bin, aber abgesehen davon bleibe ich total cool.

Mir gefällt außerdem, dass meine Familie damit ungewöhnlich cool umgeht. Sie sind wirklich beeindruckt und stolz auf mich. Das ist vielleicht ein seltsames Gefühl! Beim Abendessen bin ich das Hauptthema.

Ich meine, Mum scheint die Frage zu beschäftigen, ob ich nicht zu jung bin, um in der Zeitung abgebildet zu werden, aber ich bin sicher, dass der PR-Agent, den ich bestimmt engagieren muss, sie umstimmen kann. Haha, ich mache nur Witze. Größtenteils. Vielleicht brauche ich wirklich bald einen PR-Agenten. Man kann nie wissen.

»Nun, ich war doch schon mal in der Zeitung, weißt du noch? Als Dad auf einem Baum gelebt hat.«

»Das war etwas anderes, da ging es um uns alle«, sagt Mum. »Ich mache mir nur Sorgen, weil du diesmal ganz alleine in die Öffentlichkeit gehst. Du könntest unerwünschte Aufmerksamkeit auf dich lenken.«

»Ich mag Aufmerksamkeit«, sage ich. »Ich freue mich, wenn Leute meine Cartoons mögen.«

»Das ist nicht ganz das, was ich –«

»Ich finde, das sollte Jessica selbst entscheiden«, unterbricht

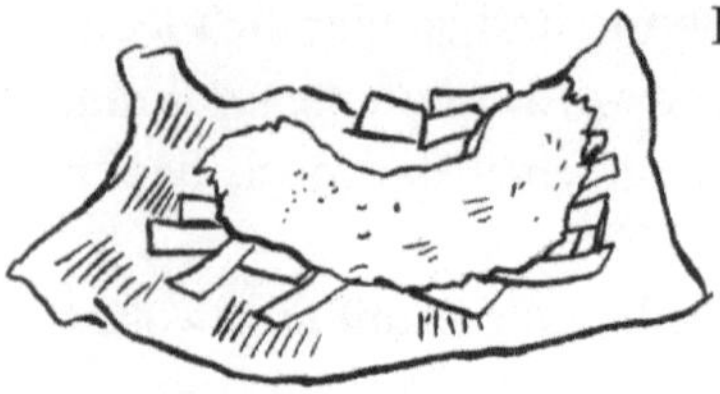

Dad. »Es ist ja nur die Lokalzeitung, in die morgen schon wieder Fisch und Chips eingewickelt werden.«

Ich werde so tun, als hätte Dad das nur gesagt, um Mum zu beruhigen, nicht um meinen glorreichen Erfolg kleinzureden.

»Heutzutage bleiben Meldungen für immer online«, erwidert Mum.

Also ehrlich, wegen des Ernährungsblogs hält sie sich jetzt für eine Internetexpertin. Vor zwei Tagen wusste sie noch nicht einmal, was ein Mem ist.

»Kann ich Fisch und Chips kriegen?«, fragt Ryan.

»Ryan, du isst doch gerade Fisch«, lasse ich ihn wissen.

»Und was ist mit Ryan?«, greift Mum sofort einen neuen Aspekt auf. »Wir möchten nicht, dass er sich ausgeschlossen fühlt, oder?«

»Mum«, sage ich müde und versuche, nicht zu ärgerlich zu klingen. »Du kannst mich nicht dazu zwingen, für den Rest meines Lebens alles mit Ryan zu teilen. Was, wenn ich Premierministerin werde? Muss ich mir den Job dann mit Ryan teilen?«

»Wenn du mal Premierministerin werden willst, musst du dich in der Schule aber viel mehr anstrengen«, spottet Mum, die es nie lassen kann, wegen meines Zeugnisses zu sticheln.

»Lasst uns nicht zu weit vom Thema abschweifen«, sagt Dad. »Ich finde, unserer talentierten Tochter ist da etwas Wunderbares passiert, und das ist ein Grund zum Feiern.«

Das hört sich doch viel besser an.

»Ich weiß«, stimmt Mum zu. »Natürlich sehe ich das auch so. Ich mache mir nur ein bisschen Sorgen, weißt du … Ruhm hat seine Schattenseiten. Und Jessica ist noch so jung.«

»*Muuuuum*«, flehe ich sie an.

»Nun gut«, sagt Mum. »Ich werde Joan anrufen und sie fragen, wie *sie* darüber denkt.«

9. kapitel

Tante Joan ist natürlich dafür, dass ich es mache! Was denkt Mum nur? Es gab tatsächlich mal eine Zeit, da hat Joan immer die entgegengesetzte Meinung zu der von Dad vertreten, aber seit er auf einem Baum gewohnt hat, liebt sie ihn.

Joans Philosophie ist: Wahre Klugheit bedeutet, Initiative zu zeigen. Ich glaube, Tammy wurde stark von ihr beeinflusst und verachtet deswegen ebenfalls Autoritäten. Mir ist das alles egal, denn mit Tante Joan hat man immer total viel Spaß. Und außerdem hat Mum sich dank ihr einverstanden erklärt, dass ich das Zeitungsinterview machen darf!

Joan möchte sogar kommen und mich darauf vorbereiten. Sie managt ein Nationalorchester und weiß alles darüber, wie man sich richtig im Rampenlicht präsentiert. Ich glaube, es gibt Mum ein Gefühl der Sicherheit, dass Joan sich um alles kümmern wird. Habe ich nicht gesagt, dass ich einen PR-Agenten engagieren muss!

Mum hatte jetzt nur noch Bedenken, dass es für mich »zu viel« sein könnte, in derselben Woche ein Zeitungsinterview zu geben, in der wir auch meine neue Schule besuchen. Aber ich habe sie darauf hingewiesen, dass sie uns ohne Weiteres zehn Kilometer laufen ließ, als wir uns in Cornwall verirrt hatten, und das war viel anstrengender, wenn man es genau nimmt.

Egal. Als ich am nächsten Morgen im Schulbus sitze, bin ich völlig normal. Ich werde ganz lässig damit umgehen, so als ob es für mich völlig alltäglich wäre, wegen meines genialen Cartoons um ein Zeitungsinterview gebeten zu werden.

Als ich das Klassenzimmer betrete, posaune ich sofort hinaus: »Oh mein Gott, ihr werdet nicht glauben, was los ist!« Natalie und Amelia, die schon wieder über das Jahrbuch diskutieren, schrecken hoch. Nun ja, ich wäre *beinahe* lässig geblieben. Jedenfalls bis zum letzten Moment, dann ist es mit mir durchgegangen.

»Mensch, Jess, warum erschreckst du uns nicht gleich zu Tode, wenn du schon dabei bist?«, sagt Nat verärgert, als ich zu ihnen rüberlaufe.

Ich nehme meine ganze Selbstkontrolle zusammen und rufe so unquietschig wie möglich: »Ich werde von der Lokalzeitung über meinen Delfin-Cartoon interviewt! Könnt ich euch das vorstellen?«

»*Echt?*«, meint Amelia und klingt dabei etwas ungläubig, das muss ich schon sagen.

»Jep!«, erwidere ich vergnügt. »Ist das nicht toll?«

»Doch, das ist es«, sagt sie.

»Das ist klasse, Jess, richtig aufregend!«, meint Nat. Ich strahle.

»Wann erscheint es?«, fragt Amelia.

»Ich glaube, nächste Woche«, erwidere ich. »Ich denke, sie wollen das Eisen schmieden, solange es noch heiß ist, wisst ihr. Ich treffe voll den Zeitgeist.«

»Tatsächlich«, sagt Amelia und klingt nicht überzeugt. »Nun, das ist im Grunde ein wirklich gutes Timing.«

»Wieso?«, frage ich.

»Na, das Schuljahr ist bald zu Ende. Wenn dein Foto also peinlich wird, dann musst du nicht befürchten, deswegen gehänselt zu werden. Und bis die Mittelschule losgeht, wird sich sowieso niemand mehr daran erinnern.«

»Gott, ich bin so aufgeregt, weil wir bald auf die Mittelschule kommen«, ruft Natalie.

»Und ich erst«, sagt Amelia.

»Warum sollte das Foto peinlich werden?«, stammle ich.

»Vermutlich wird es das nicht«, sagt Amelia. »Ich meinte ja nur *falls.*«

Hmmmm.

»Die machen bestimmt ein tolles Foto, Jess«, versichert Nat. »Kein Grund, sich zu schämen.«

»Ich schäme mich nicht, ich bin begeistert«, erkläre ich, aber meine gute Laune hat spürbar nachgelassen.

»Das ist die richtige Einstellung«, sagt Nat.

»Ich mache mir wegen des Fotos sowieso keine Gedanken«, versichere ich ihr. »Vielleicht schneide ich darauf sogar eine Grimasse.«

»Das würde ich lieber bleiben lassen«, meint Amelia.

»Das machst du garantiert nicht.« Nat kichert. »Wenn es so weit ist, wirst du dich das nicht trauen.«

»Ich wette fünf Pfund, dass du es nicht machen wirst«, wirft Amelia ein.

»Herausforderung angenommen«, lasse ich die beiden wissen. »Ich bin ein kreativer Künstler. Für mich gelten die normalen Gesellschaftsregeln nicht.«

»Das würde deine Mum niemals erlauben.« Nat kichert jetzt richtig.

Da könnte sie recht haben. Außerdem schätze ich, dass es ganz nett wäre, ein schönes Foto zu haben. Besonders, wenn ich dabei meinen Cartoon zeige. Vielleicht könnte ich das Foto sogar fürs Jahrbuch verwenden.

Ich meine, ich würde mir ja auch nicht die Nase abschneiden, nur um mein Gesicht zu ärgern. Oder eine so kranke Grimasse ziehen, dass es aussieht, als würde mein Gesicht sich ärgern, weil mir jemand die Nase abgeschnitten hat. *Hmmm.*

»Nun ja, wir werden sehen«, sage ich. »Vielleicht darf ich das gar nicht entscheiden. Der Pressefotograf wird mir vielleicht Anweisungen geben, wie ich zu posieren habe. Denn mein Foto wird von einem professionellen Fotografen aufgenommen.«

Ich meine zu sehen, wie Amelia die Augen verdreht. Ha! Sie ist neidisch.

Natalie und Amelia scheinen wirklich sehr nervös zu sein wegen der Fahrt zur Besichtigung unserer neuen Schule. Aber ich bin total begeistert. Ich meine, die Schule ist wahrscheinlich riesig und furchteinflößend und so, aber trotzdem ist es *aufregend*. Die besten Sachen sind meistens erst einmal furchteinflößend.

Und es gibt dort Snack- und Getränke-Automaten. Das hat Tammy mir erzählt. Man kann sich Cola-Dosen kaufen. Ist das nicht großartig? Tammy findet das ehrlich gesagt nicht großartig, weil sie gegen die Übermacht großer Konzerne ist.

Aber ich denke, es bedeutet, dass man jetzt in einer richtig coolen Schule ist.

»Das gibt's ja nicht! Das ist super! Ich kann es kaum glauben«, ruft Joshua, als wir vor der Bibliothek sitzen.

»Ich schon«, sagt Tanya. »Mit meiner feinen Nase für alles Geschäftliche habe ich das längst vorhergesagt, stimmt's?«

»Gut gemacht, Jessica«, sagt Lewis höflich. Ha! Er ist ebenfalls neidisch.

Es macht Spaß, allen zu erzählen, dass ich bald in die Zeitung komme.

»Also schön«, sagt Tanya. »Dann sollten wir dich vorbereiten.«

»Mich vorbereiten?«

»Ja, alles durchgehen, was du über den Comic sagen musst. Du bist jetzt unser offizielles Gesicht.«

»Bin ich das?«

»Klar. Du hast gesagt, dass du in Interviews für uns die Werbetrommel rühren wirst.«

»Ach ja, stimmt, okay.« Als ich das versprach, habe ich ehrlich gesagt nicht geglaubt, dass ich jemals ein Interview geben würde. Die Sache nimmt immer größere Proportionen an und überrollt mich wie eine Lawine.

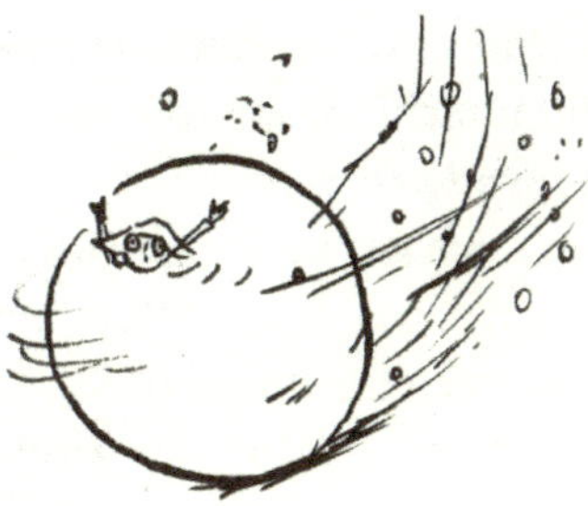

»Ich glaube, du solltest besonders hervorheben, wie witzig unser Comic ist«, rät mir Joshua. »Die Leute lieben es, wenn man sie zum Lachen bringt; damit wecken wir ihr Interesse.«

»Genau«, stimmt Tanya zu. »Und sag, dass wir Unternehmer sind; das klingt gut.«

»Okay«, erkläre ich mich einverstanden. »Und was, wenn sie gar nicht über den Comic reden wollen? Ich meine, es könnte ja sein, dass sie mir ganz andere Fragen stellen, die ich dann beantworten muss.« (Außerdem will ich auch über mich reden.)

»Darum musst du es schlau anstellen, Toons«, weist Tanya mich an. »Stell dir vor, du wärst Megan Flyer, die in einer Talkshow ihren neuen Song promotet.«

»Sicher, äh, geht klar«, sage ich zögernd.

»Joshua und ich zeigen dir, wie es geht«, sagt Tanya. »Joshy, mein Junge, stell mir eine Frage.«

»Woher nimmst du deine verrückten Einfälle?«, fragt Joshua.

»Nun«, erwidert Tanya, »ich arbeite mit drei anderen an einem Comic und manchmal fällt uns gemeinsam etwas ein. Unser Comic ist toll. Es wird bald eine Internet-Ausgabe davon erscheinen. Und so weiter und so fort.«

»Aber das stimmt nicht, so komme ich nicht auf meine verrückten Einfälle«, widerspreche ich.

»Darum geht es doch gar nicht«, erwidert Tanya. »Du musst dich darauf konzentrieren, welche Botschaft du rüberbringen willst. Joshua, frag mich noch was.«

»Wie hast du dich gefühlt, als du gesehen hast, dass dein Cartoon im Beliebtheitsranking der Newsworth-Seite auf Platz eins steht?«, fragt Joshua.

»Ich habe mich toll gefühlt«, antwortet Tanya. »Ich war fast so aufgeregt wie an dem Tag, als ich beschloss, mit meinen Schulfreunden einen irre witzigen Internet-Comic herauszugeben. Und, kapierst du jetzt, wie der Hase läuft?«

»Ja«, antworte ich. »Ich hab's verstanden. Das ist, ähm … nicht gerade subtil, oder?«

»Soll es ja auch nicht sein«, meint Tanya. »So funktioniert es mit dem Kapitalismus, Süße.«

Ich muss sagen, die schießen echt den Vogel ab. Sie haben Glück, dass ich so großmütig damit umgehe und immer noch zu meinen Wurzeln stehe. Und ich erinnere mich an die Zeit, bevor ich groß rausgekommen bin, und gebe den anderen sogar ein Stück vom Knochen ab.

10. kapitel

»Schaut mal, ich glaube, das sind sie! Da kommen sie!«, ruft Dad aufgeregt. »Bist du so weit?«

»Jaja«, sage ich. Ich finde, dass alle viel zu viel Aufhebens darum machen.

Mum und Tante Joan haben geschlagene zwanzig Minuten darüber diskutiert, welches Oberteil ich anziehen soll. Ich wollte mein Lieblingsteil tragen, aber Mum findet es zu eng. Dann sagte Tante Joan, dass es sehr modern sei, und Mum meinte: »Jessica macht sich nichts aus Mode«, worin ich ihr recht geben muss.

Doch dann gab es einen Streit, weil Joan meinte, dass Mum mir öfter neue Klamotten kaufen sollte, damit ich nicht Sachen tragen muss, die mir zu klein sind. Daraufhin wurde Mum sauer und warf Tante Joan vor, dass sie keine Ahnung hätte, wie schnell Kinder wachsen würden. Dann machte Dad Tee für alle.

Ich höre, wie Dad mit seiner Telefonstimme sagt: »Gehen Sie bitte durch, hier entlang.« Dabei lotst er den Fotografen und den Reporter ins Wohnzimmer, wo der Rest der Familie sie erwartet. Mum hat für den Anlass besonders gründlich staubgesaugt. »Jessica, das ist Pamela und das ist Greg, der Fotograf. Sie kommen von der Zeitung.«

Wir schütteln uns die Hände, und Dad erkundigt sich, ob alle einen Tee wollen, bevor er in der Küche verschwindet.

»Hallo, ich bin Ryan.« Mein Bruder hält ebenfalls die Hand zum Gruß ausgestreckt. Pamela und Greg schütteln sie höflich, dann nehmen alle Platz.

»Das ist Lady«, stellt Ryan vor. »Sie ist der Familienhund, aber in Wirklichkeit gehört sie vor allem mir.«

»Wie nett«, sagt Pamela.

»Schon gut, Ryan.« Mum bedeutet ihm, sich neben sie zu setzen. Er ignoriert es.

»Mich mag sie am liebsten«, erklärt er. »Lady kann Pfötchen geben. Wollen Sie das mal sehen?«

»Ryan«, wiederholt Mum.

»Warte, Mum«, sagt Ryan ungeduldig. »Lady, gib Pfötchen.« Lady tut nichts. »Manchmal muss man ihr helfen.« Er nimmt Ladys Pfote und legt sie der Reporterin auf die Hand. »Na also. Sehen Sie? Sie kann Pfötchen geben.«

»Ja, echt beeindruckend, Ryan«, sage ich. »Reif für eine Hundeshow.«

Pamela und Greg lächeln.

»Sie kann sich auch auf Befehl herumrollen«, fährt Ryan fort. »Klappt fast immer.«

»Ryan, komm und setz dich bitte neben mich«, sagt Mum mit Nachdruck. »Diese netten Leute sind nicht gekommen, um mit Lady zu spielen, sondern um mit Jessica über ihren Cartoon zu sprechen.«

»Vielleicht möchten sie wenigstens ein bisschen mit Lady spielen«, erklärt Ryan, aber immerhin geht er diesmal zu Mum rüber. »Du hast sie gar nicht gefragt, *was* sie eigentlich wollen.«

»Lady ist ein reizender Hund«, meldet sich Pamela zu Wort, »aber deine Mum hat ganz recht. Wir sind wirklich hier, um mit Jessica zu reden.«

»Na gut«, sagt Ryan vernünftig. »Sie können mich ja hinterher über Lady interviewen, wenn Sie wollen.«

»Mal sehen, falls die Zeit noch reicht«, sagt Pamela freundlich.

»Ich kann Ihnen erzählen, wie ich sie erzogen habe«, plappert Ryan weiter.

Ich weiß, dass ich auf die Reporterin einen guten Eindruck machen und nicht mit Ryan streiten sollte, aber ich koche innerlich, weil er sich so idiotisch aufführt.

»Was heißt hier *erzogen*, Ryan?«, entfährt es mir. »Bis jetzt hast du einen Wunderhund vorgestellt, der keinen einzigen Befehl ausführen kann.«

»Sie hört auf ihren Namen«, behauptet er. »Lady!«

Anstatt aufzusehen oder mit dem Schwanz zu wedeln, macht Lady ein Geräusch, das wie ein Seufzen klingt, und legt sich dann hin. »Sie ist bloß müde«, sagt Ryan entschuldigend.

»Ich wette, alle sind ganz heiß darauf, Tickets für die Live-Show zu bekommen«, sage ich sarkastisch. »Ryan und der Hund, der bloß müde ist.«

Alle kichern. Ich fühle mich ein bisschen mies und hoffe, dass ich Ryan damit nicht geärgert habe. Aber er ist wirklich furchtbar nervig.

»Also, Jessica«, sagt Pamela, die sich endlich an mich wendet. »Was inspiriert dich zu deinen Cartoons?« Sie nimmt einen Block heraus und drückt die Aufnahmetaste an einem winzigen Kassettenrecorder.

»Nun«, antworte ich, »ich liebe Comedy. Mein Held ist Matt Groening. Wenn ich mal groß bin, möchte ich Cartoonistin werden. Ich arbeite sogar schon mit meinen Freunden an einem Comic –«

»Oh, tut mir leid, ich bin mir nicht sicher, ob das Ding richtig läuft. Sieht es für dich so aus, als wäre das Lämpchen an?«, unterbricht mich Pamela.

»Äh, ja, doch«, sage ich.

»Weißt du was, ich benutze mein Handy. Ist es für alle in Ordnung, wenn ich das Gespräch aufnehme?«, fragt sie in die Runde. Joan, Mum und ich nicken. Pamela holt ihr Handy heraus und drückt auf dem Display herum. »Du magst also Matt Groening?«

»Er ist mein Held«, wiederhole ich. »Wenn ich groß bin, möchte ich witzige Cartoons zeichnen, genau wie er. Er hat außer den *Simpsons* und *Futurama* auch total witzige Hasen-Comics gezeichnet. Ich habe übrigens mit einigen Freunden aus der Schule selbst einen Comic –«

»Tee!« Dad kommt wieder herein und bringt ein Tablett mit Tee und Keksen.

»Oh, köstlich«, sagt Greg, der Fotograf.

Pamela drückt wieder auf ihrem Handy herum, und Dad fängt an, allen Tee einzuschenken. Wir leisten uns endlich wieder den Luxus von zwei *verschiedenen* Kekssorten.

»Wie wäre es, wenn ich die Fotos mache, während alle Tee trinken?«, fragt Greg.

»Das ist eine gute Idee«, sagt Pamela und beißt genüsslich in einen Schokovollkornkeks. Sie hat keine Ahnung, was für ein Glück sie hat, dass wir den Gürtel nicht mehr enger schnallen.

Greg knipst ein paar Fotos von mir, wie ich ein Bildschirmfoto von meinem Cartoon bei Newsworth hochhalte, dann fängt Ryan wieder an, sich in den Vordergrund zu drängen.

»Mummy, ich finde es nicht fair, dass Lady nicht mit aufs Foto darf«, jammert er. »Sie fühlt sich übergangen.«

Na klar, denke ich. *Lady* fühlt sich übergangen. Ehrlich, Ryan ist so leicht zu durchschauen.

»Lady geht es gut, Ryan«, sagt Mum.

»Sie ist *traurig*«, protestiert Ryan. »Du machst sie traurig.«

»Weißt du was«, sagt Greg. »Es könnte sowieso nett sein, ein Foto zu machen, auf dem die Familie in Aktion zu sehen ist. Vielleicht könnte eins der Kinder sich zu dem Hund auf den Boden setzen und malen?«

»Eine entzückende Idee«, sagt Tante Joan.

»In Ordnung«, sage ich. Ryan hat Glück, dass ich meinen

Ruhm so selbstlos mit ihm teile. »Ryan, weißt du, wo die Buntstifte sind?«, frage ich.

»Ich hole sie.« Ryan springt auf und verschwindet wie ein Blitz. Er hat ruckzuck vergessen, wie *traurig* Lady ist.

Kurz darauf sitzen Ryan und ich im Schneidersitz neben Lady auf dem Boden, umgeben von Papier und Malstiften. Ryan und ich sollen uns »ganz natürlich verhalten«, aber ich soll so tun, als würde ich ihm Zeichnen beibringen, also zeige ich ihm schließlich, wie man Homer Simpson zeichnet.

Ich glaube, Pamela und Greg sind von meinem Talent mächtig beeindruckt. Und Ryan verhält sich die ganze restliche Zeit tadellos.

11. kapitel

»Es wird morgen veröffentlicht«, berichte ich Natalie und Amelia, als wir in dem Reisebus Platz nehmen, der uns für einen Tag zu unserer neuen Schule fährt. Wir haben Plätze ganz hinten bekommen, sodass wir zu dritt nebeneinandersitzen können.

»Ich bin so nervös«, haucht Nat.

»Keine Sorge, ich bin sicher, dass ich eine gute Figur gemacht habe«, scherze ich.

»Doch nicht wegen deines blöden Interviews, sondern weil wir unsere neue Schule besuchen!«, antwortet Nat.

»Ich weiß, ich mache nur Witze«, sage ich und bin enttäuscht, dass ich das extra erklären muss. Ich weiß, der Witz war bescheuert, aber ich dachte, Nat würde wenigstens zu schätzen wissen, dass ich sie aufmuntere und von ihrer Nervosität abzulenken versuche.

Wir dürfen ganz normale Klamotten tragen, was mir gefällt. Ich trage lieber meine eigenen Sachen als die Schuluniform.

»Wir sitzen alle im selben Boot«, sagt Amelia.

»Jawohl«, pflichte ich ihr bei.

»Du hast leicht reden«, sagt Nat. »Ich glaube, ich bin viel empfindlicher, weil ich *Schauspielerin* bin. Darum habe ich tiefere Gefühle als ihr beide. Für mich ist es also schwerer.«

Amelia und ich sehen uns an und verdrehen die Augen. Ich muss beinahe kichern. Natalie macht immer noch ein Riesengetue darum, dass sie *Schauspielerin* ist. Ich dachte, wenn die Arbeit an dem Stück abgeschlossen ist, würde sie von ihrem hohen Ross runterkommen. Ich meine, *ich* werde in der Lokalzeitung erscheinen und bin nicht annähernd so abgehoben wie sie. Nun gut.

»Wir brauchen etwas, worauf wir uns freuen können«, sagt Amelia. »Eine Belohnung nach dem ganzen Trauma.«

»Was für ein Trauma?«, pruste ich. »Es ist völlig *normal*, in die Mittelschule zu kommen.«

»Genau, und es ist normal, dass das ein bisschen traumatisch ist«, sagt Amelia.

»Richtig«, stimmt Nat zu. »Das ist eine anstrengende Lebensphase.« Der Bus setzt sich in Bewegung. »Oh mein Gott!«

»Ich finde es aufregend«, sage ich stur.

»Und ich erst! Wir könnten hinterher zu McDonald's gehen und Milchshakes trinken«, schlägt Amelia vor.

»Au ja!«, quiekt Nat regelrecht. »Das sollten wir unbedingt machen.«

Na toll. Meine Familie hat gerade das ganze Extrageld für Schokokekse ausgegeben, um die Lokalpresse zu beeindru-

cken, darum ist in der Sparbüchse nichts mehr, womit ich mir solche Extravaganzen leisten könnte. Ich muss wieder bei den anderen schnorren. Oder nicht mitgehen.

Da fragt Nat: »Du kommst doch auch mit, oder, Jess?«

»Natürlich«, antworte ich automatisch. Also wird geschnorrt. *Arrrggghhh.* Ich sollte mir nichts aus so was machen. Ich bin *berühmt.* Gewissermaßen. Aber was habe ich davon, wenn ich auf der Webseite von Newsworth einen Spitzenplatz habe, wenn ich mir nicht einmal einen simplen Milchshake leisten kann?

Fairerweise sollte ich sagen, dass wir die Kekse wegen mir und meinem Cartoon gekauft haben. Ich muss akzeptieren, dass das Sparschwein wegen mir geleert wurde. Man kann nicht alles haben.

Unsere neue Schule ist riesig. *Riiiiiesig.* Ich kann gar nicht genug betonen, wie riesig sie ist. Ich werde mindestens einen Monat brauchen, bis ich mich darin zurechtfinde. Ich werde mich garantiert verlaufen.

Sie ist so riesig, weil die Kinder von allen Grundschulen unserer Stadt dort aufgenommen werden. Ich meine, nicht *jedes*, aber vermutlich die Mehrzahl.

Ich glaube, von unserem Jahrgang kommen fast alle hierhin, nur eine Handvoll geht woandershin. Unsere Schule liegt auch am nächsten. Wir haben sogar den gleichen Namen. Unsere Grundschule heißt Hillfern Juniors und die neue Mittelschule ist die Hillfern Seniors.

Vor einer Weile war ich am Tag der offenen Tür hier. Ich weiß noch, wie beeindruckt ich von der Kunstabteilung und den Naturwissenschaftsräumen gewesen bin. Dort gibt es Bunsenbrenner und Reagenzgläser und wir dürfen richtige *Experimente* durchführen. Wie cool ist das denn? Ich hoffe, dass eine unserer Probestunden Physik oder Chemie ist.

Nein, keine Naturwissenschaft. Auch keine Kunst. Wir verbringen fast zwei Stunden in einem Fach, das sich PSGBW nennt, was die Abkürzung sein soll für »Persönliche Entwicklung, Soziales, Gesundheit, Beruf und Wirtschaft« und sich als recht lahmes Fach herausstellt.

Wir werden in Gruppen eingeteilt, die aus allen Schulen zusammengemischt werden. Ich bin in derselben Gruppe wie Natalie und Amelia, sitze dann aber neben einem Mädchen namens Keshma aus der St Mary Grundschule. Keshma ist echt nett, und wir finden heraus, dass wir beide einen jüngeren Bruder haben, der manchmal nervt.

Ehrlich gesagt, stellt sich PSGBW dann doch als ganz interessant heraus. Unsere Lehrerin, Miss Jacobs, ist supernett und ermutigt uns dazu, verschiedene Themen zu erörtern und uns gegenseitig kennenzulernen. Sie sagt, sie möchte, dass wir lernen, selbstständig zu denken. Es fühlt sich seltsam an, ausnahmsweise mal nach seiner Meinung gefragt zu werden, aber es gefällt mir.

Nach der großen Pause – die übrigens genial ist; es gibt eine Mensa, in der man Pommes und süße Teilchen bekommt und so was – geht PSGBW weiter und wir machen eine Ballondebatte.

Die Bezeichnung »Ballondebatte« ist irreführend. Ich dachte, wir würden darüber reden, ob Ballons gut für die Umwelt sind oder etwas in der Art. Tatsächlich sollen wir uns aber vorstellen, dass ein Haufen berühmter Leute in einem Heißluftballon sitzen, der schnell an Höhe verliert. Sie würden alle sterben, wenn nicht einer rausgeworfen wird. *Heftig.*

Wir sollten Paare bilden (ich war mit Keshma zusammen), und jedes Paar sollte eine der berühmten Persönlichkeiten verteidigen und erklären, warum er oder sie auf keinen Fall aus dem Ballon geworfen werden darf.

Keshma und ich waren ein starkes Team. Wir fanden jede Menge tolle Gründe, wieso unsere Persönlichkeit, Florence Nightingale, überleben sollte. Der beste Grund war der, dass ihre medizinischen Kenntnisse sich im Fall eines Absturzes als äußerst wertvoll erweisen würden. Dank uns durfte sie überleben. Geschafft!

»Ich *liebe* diese Schule«, verkünde ich Natalie und Amelia in der Mittagspause, während wir ziellos auf dem Schulhof herumwandern und Eis am Stiel schlecken. (*Eis am Stiel*, super! An dieser Schule kostet es nur zwanzig Pence. Das kann sogar ich mir leisten!)

»Jetzt übertreibst du aber«, sagt Amelia.

Amelia und Natalie mussten in der Ballondebatte Steve Collins vertreten, den unbeliebten Juror von *X Factor*. Den zu verteidigen, war gar nicht einfach. Er hat nur überlebt, weil ein anderes Team die Boyband *MBlaze* hatte und sich herausstellte, dass jeder aus unserer neuen Klasse *MBlaze* absolut furchtbar findet.

»Macht euch keine Gedanken wegen der Ballondebatte«, sage ich zu den beiden.

»Tu ich doch gar nicht«, sagt Amelia abwehrend. »Hoffentlich haben wir am Nachmittag ein paar vernünftige Fächer, die *wirklich* wichtig sind.«

In diesem Moment laufen ein paar ältere Jungs an uns vorbei und rufen: »Blöde Siebtklässler!«

Natalie sieht total verstört aus. »Glaubt ihr, die haben uns gemeint?«

Na klar, das war doch offensichtlich, denke ich. Aber ich beschließe, es herunterzuspielen. »Nein, denn genau genommen sind wir noch gar keine Siebtklässler, also können sie uns gar nicht gemeint haben.«

»Oh doch.« Amelia seufzt. »In dieser Schule gibt es reichlich Grobiane und Idioten.«

»Und Eis am Stiel«, ergänze ich. »Das ist doch gar kein so schlechter Tausch.«

»Doch, das ist es«, sagt Natalie mit besorgter Miene.

Den Rest des Tages sind Natalie und Amelia völlig von der Rolle, und ihre Laune bessert sich erst, als wir bei McDonald's sind. Dafür wird meine Laune mieser, weil es mir so peinlich ist, dass ich mir keinen Milchshake leisten kann. Wieder einmal.

12. kapitel

Als ich am nächsten Morgen mit dem Bus in die Schule fahre, wird mir plötzlich klar, wieso diese Jungs Natalie und Amelia so aus dem Gleichgewicht gebracht haben. Wieso ist mir das nicht früher eingefallen?

An der Hillfern-Grundschule hat Natalie ein sorgenfreies Leben geführt. Sie war immer schon beliebt, galt als cool, hübsch und charmant, während mir einige fiese Jungs »blöde Schachclub-Tussi« hinterhergerufen haben.

Das hat aufgehört, als Tanya anfing, mich »Toons« zu nennen, und Kopien meines satirischen Cartoons in unserer Schule verteilt hat. Von da an haben mir die gelangweilten Trottel keine Schimpfnamen mehr nachgerufen und ich gelte als nahezu coole Spinnerin.

Aber im Grunde meines Herzens rechne ich immer noch damit, angepöbelt zu werden. Das ist für mich normal. Und so viel macht es mir gar nicht aus. Ein bisschen natürlich schon. Aber es verdirbt mir nicht den Tag. Ich schätze, ich bin einfach daran gewöhnt und kann gut damit umgehen, dass nicht jeder mich mag. Manchmal kann ich das locker ignorieren und mich behaupten (aber eben nur manchmal). Man muss alles nehmen, wie es kommt.

Aber Nat und Amelia waren immer in der Oberliga, darum brauchten sie sich solche Fähigkeiten nie anzueignen. An der Mittelschule wird es eine ganz neue Hackordnung geben und die Siebtklässler stehen dabei auf der untersten Stufe.

Als ich mich beim nächsten Comic-Meeting zu den anderen vor die Bibliothek setze, herrscht eine merkwürdige Atmosphäre. Sind die anderen wegen des Artikels von mir eingeschüchtert? Ich sollte ihnen irgendwie klarmachen, dass ich immer noch der gleiche Mensch bin. Im Großen und Ganzen stehe ich immer noch auf einer Stufe mit ihnen.

Denn heute ist *mein Tag*. Heute genieße ich meine fünfzehn Minuten Ruhm. Das Interview ist erschienen! Alle können es sehen. Aber ich gehe total lässig damit um. Vor dem Morgenappell habe ich im Klassenzimmer ganz beiläufig die Zeitung in der Hand gehalten, bis Natalie es bemerkt hat und rief: »Oooh! Zeig sofort her!«

Niemand kann behaupten, ich hätte ein großes Getue darum gemacht. Ich habe nur ein paar kleine Fingerzeige gege-

ben, damit die anderen ganz allein herausfinden konnten, was für eine tolle Nummer ich jetzt bin.

Die Zeitung hat sogar zwei Fotos verwendet. Eine Nahaufnahme von mir mit dem Cartoon und eins, auf dem Ryan, Lady und ich auf dem Boden sitzen und gruselig körperlose Homer-Simpson-Köpfe zeichnen.

In unserer Comic-Runde herrscht immer noch eine seltsame Stille. Ich bin mir nicht sicher, wie ich das Schweigen brechen soll, aber dann sagt Lewis beiläufig: »Ich habe den Artikel gelesen.«

»Oh, cool, du hast eine Ausgabe!« Ich grinse breit, um ihm zu zeigen, wie normal ich immer noch bin. »Wie findest du ihn?«

Die Zeit dehnt sich, während die anderen Blicke tauschen. Also *so* einschüchternd können sie mich doch auch nicht finden, oder?

»Nun«, sagt Joshua schließlich, »ich finde ihn cool. Die Bilder sind witzig und du kommst gut rüber.«

»Danke«, sage ich. Aber warum wirkt er so reserviert?

»Ich glaube allerdings, dass der Comic darin gar nicht erwähnt wird«, sagt Lewis.

»*Im Ernst?*« Ich bin ehrlich überrascht. Ich meine, ich habe den Artikel heute früh gelesen, aber ich habe dabei gar nicht an den Comic gedacht. »Das kann nicht stimmen. Ich habe den Comic immer wieder erwähnt. Ich schwöre, das habe ich.«

Tanya nimmt die Zeitung raus und ich überfliege das Interview. »Ortsansässiges Mädchen auf Platz 1«, lautet die Schlagzeile, und darunter steht: »Elfjährige Cartoonistin wird Internetsensation.« Es folgt ein Zitat von mir, fett gedruckt: **»Matt Groening ist mein Held.«** Aber Lewis hat recht, nirgends im Artikel wird der Comic erwähnt.

»Leute, ich habe wirklich darüber gesprochen«, sage ich aufrichtig und klinge doch irgendwie schuldbewusst. »Ganz ehrlich. Aber ich wurde dabei ständig unterbrochen. Dad brachte dauernd Tee, mein Bruder wollte ständig, dass unser Hund Kunststücke vorführt, die er nicht draufhat, und ich musste mich echt anstrengen, damit sie mir überhaupt zuhören. Die Reporterin schien mehr daran interessiert zu sein, wie gut meine Homer-Simpson-Köpfe sind. Sie hat mich immer wieder gefragt, ob ich mal für Disney arbeiten möchte.«

»Du hättest dich mehr ins Zeug legen müssen«, sagt Lewis überheblich.

»Ich *habe* mich mächtig ins Zeug gelegt!« Langsam wird es mir zu bunt. »Ich habe gesagt, dass ich nicht für Disney arbeiten möchte, sondern dass ich mit meinem eigenen Comic Erfolg haben will, aber das haben sie nicht erwähnt.«

»Hier steht, dass du eine Karriere bei Disney in Erwägung ziehst«, sagt Tanya.

»Habt ihr mich jemals Disney erwähnen gehört?«, stammle ich. »Ich kann doch nichts dafür, wenn sie mich falsch zitieren.«

Diese verflixte Reporterin Pamela. Stopft sich mit unseren Schokokeksen voll und schreibt etwas ganz anderes, als ich gesagt habe. Danke für *gar nichts*.

Plötzlich sagt Lewis: »Du hast uns hintergangen. Du bist eine Verräterin.«

Was? Wie kann er es *wagen?*

»Ich habe alles gemacht, worum ihr mich gebeten habt. Soll ich euch von der Zeitung einen Mitschnitt des Interviews besorgen? Ich kann es euch beweisen.« Dann verliere ich die Fassung. »Ich kann nichts dafür, wenn sie mich für interessanter halten als den Comic. Ich habe mein Bestes versucht. Dafür könntet ihr mir wenigstens dankbar sein, anstatt mich anzugreifen.«

»Tja«, sagt Lewis kühl. »Mir kommt es eher so vor, als hättest du uns einfach übergangen, um dich selbst ins Rampenlicht zu stellen.«

Was zum –? »Nun, Lewis«, antworte ich aufgebracht, »solltest du jemals einen Cartoon an der Spitze von Newsworth haben, dann kannst du mit mir über *Rampenlicht* sprechen.«

Es entsteht eine Pause, während sich alle ansehen. Schließlich seufzt Tanya und bricht das Schweigen. »Hör mal, Toons, das ist schon in Ordnung, ich bin sicher, du hast dein Bestes gegeben. Das zeigt doch nur, was für ein Haifischbecken das da draußen ist. Vielleicht sollte nächstes Mal jemand von uns dabei sein.«

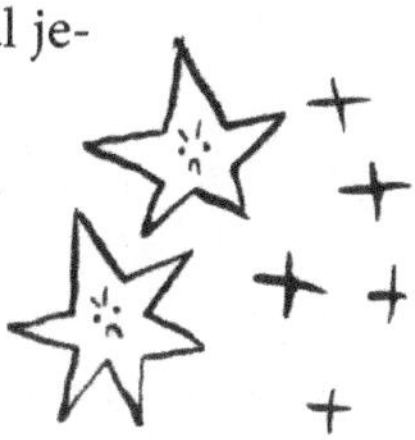

»*Nächstes Mal?*« Vor Wut sehe ich Sterne. (Ist das möglich?)

»Wenn du der Aufgabe nicht gewachsen bist, können wir dir helfen. Schließlich sind wir ein Team.«

»Der Aufgabe nicht gewachsen? Willst du mich verarschen?« Ich bin völlig außer mir.

»Das ist doch kein Grund, sich aufzuregen«, sagt Tanya sachlich. (Ich rege mich aber auf.) »Jeder hat andere Stärken.«

»Jawohl, und Interviews zu geben, ist einfach nicht deine Stärke«, gibt Lewis seinen Senf dazu.

Jetzt schäume ich vor Wut. Lewis will mich belehren, wie man Interviews gibt? Der Junge, der kaum den Mund aufbekommt, will mir erzählen, dass Reden nicht meine Stärke ist? Das ist das *Allerletzte.*

Das möchte ich sehen, wie die das *besser* machen wollen. Als hätten sie einfach zu mir ins Haus kommen und großspurig den Comic bewerben können, während meine verrückte Familie um sie herumtobt. Wahrscheinlich hätten sie bei der erstbesten Gelegenheit versucht, den Hund dazu zu bringen, für einen Keks Männchen zu machen.

Es ist ja schön und gut, mir theoretisch zu erklären, was ich hätte machen sollen, aber sie haben keine Ahnung, wie schwer es ist, sich im Werbegeschäft an vorderster Front zu behaupten.

Und warum sind sie mir kein bisschen dankbar? Ich hatte doch nur versprochen, dass ich es *versuchen* würde. Ein anderer hätte sich vielleicht rundweg geweigert. Das war echt großmütig von mir. Diese schäbige Behandlung habe ich nicht verdient.

Aber so aufgebracht ich auch bin, fühle ich mich dennoch mies. Ich hatte ja wirklich vor, Werbung für den Comic zu machen. Ich liebe es immer noch, mit ihnen am Comic zu arbeiten. Selbst wenn es so aussieht, als wüssten sie mich nicht zu schätzen. Das muss damit gemeint sein, wenn es heißt, Ruhm sei ein launischer Gefährte. Er bringt deine Freunde dazu, dich zu hassen.

13. kapitel

»Halt die Klappe, Jess, wir können es nicht mehr hören«, sagt Natalie schließlich. »Wir versuchen, unseren Samstag im Einkaufszentrum zu genießen.«

»Aber findest du nicht, dass sie sich völlig danebenbenehmen?«, protestiere ich. »Vor allem Lewis.«

VÖLLIG DANEBEN!

Die Lage schien sich nach dem Interview allmählich wieder zu beruhigen, aber dann griff die lokale Gratiszeitung die Geschichte von meinem Interneterfolg auf und ein paar kleinere Nachrichtenportale folgten ihrem Beispiel. Und sie übernahmen einfach wörtlich die Teile aus dem Originalinterview, sodass sich mein Comic-Team jedes Mal wieder von Neuem darüber aufgeregt hat, dass unser *Höllfern*-Comic nicht erwähnt wurde.

»*Ich* finde das auch«, sagt Amelia. »Lewis ist ein totaler Nerd. Ich habe keine Ahnung, wieso du dich mit ihm abgibst.«

»Nein, darum geht es nicht, sondern darum, dass er so

scheinheilig ist«, erkläre ich. »Als ob *er* es besser hinbekommen hätte. Er ist so still und schüchtern.«

»Genau, weil er ein Nerd ist.« Amelia ist unheimlich modebewusst und hat Vorurteile gegen jeden, den sie als uncool einstuft, darum ist es schwer, sie wieder aufs eigentliche Thema zurückzubringen.

»Er ist so überheblich«, führe ich aus. »Ich meine, der Typ schaut total auf mich herab. Ich habe wirklich mein Bestes gegeben, nett zu bleiben und ein Auge zuzudrücken, aber jetzt, wo er mich öffentlich kritisiert, sehe ich einfach rot.«

»*Nerd*«, wiederholt Amelia.

»Nein, es geht *nicht* darum, dass er ein Nerd ist, sondern ein Scheinheiliger, und dass er mich nicht zu schätzen weiß und sich für tausendmal besser hält als mich.« Wieso schaffe ich es nicht, ihr diese einfache Tatsache klarzumachen?

»Das ist gewissermaßen die *Definition* eines Nerds«, sagt Amelia. »Jessica, sag dir einfach: *Lewis ist ein beknackter Nerd*. Dann fühlst du dich gleich viel besser.«

»Oh mein Gott, ihr langweilt mich zu Tode!«, sagt Nat mürrisch. »Jess, du solltest dich freuen, dass deine Geschichte verbreitet wird. Wen kümmert es, was die anderen denken? Ich weiß, dass du dein Bestes gegeben hast. Vergiss die doch einfach, okay?«

»Ja, du hast recht«, sage ich. »Danke, Nat.« Ich versuche ernsthaft, mir das zu Herzen zu nehmen. Meine Schuldgefühle lösen sich auf, und mit ihnen fließen auch die ganzen bösen Wörter, die gefallen sind, davon. Ich sollte einfach über meinen Erfolg glücklich sein. Ich muss mir das von niemandem verderben lassen.

Wir schlendern durchs Einkaufszentrum, schauen uns Auslagen mit Hüten, Armbändern und Sonnenbrillen an und haben wirklich eine Menge Spaß.

Wir machen Fotos von uns mit witzigen Hüten und posieren vor dem Kino neben dem Pappaufsteller eines Actionhelden. Nat verzieht das Gesicht, als würde er stinken, und ich tue so, als würde ich ihm gleich einen Boxhieb versetzen.

Uns gelingt ein echt witziges Foto von uns dreien mit dem Actionhelden im Hintergrund, und Amelia schlägt vor, dass es sicher nett wäre, es auf Schlüsselanhänger drucken zu lassen, also gehen wir in den kleinen Laden, wo man das machen lassen kann.

Ich kann mir den Schlüsselanhänger gerade so leisten, was irgendwie ärgerlich ist, da ich gerade erst mein Taschengeld bekommen habe. Bei unserem nächsten McDonald's-Besuch hätte ich mir meinen Milchshake ausnahmsweise selbst kaufen können, aber auf den Schlüsselanhänger mit unserem Foto möchte ich auch nicht verzichten.

»Das ist ein wunderschönes Andenken«, sagt Amelia. »Jetzt werden wir uns für immer aneinander erinnern.«

»Zumindest jedes Mal, wenn wir einen Schlüssel benutzen«, scherze ich.

»Wir brauchen nichts, das uns für immer aneinander erinnert«, sagt Nat. »Wir wechseln doch nächstes Jahr sowieso alle auf dieselbe Schule.«

»Ähm, ja, klar«, sagt Amelia hastig. Aber wieso weicht sie dabei unseren Blicken aus?

»Es wird auf jeden Fall wundervoll sein, so etwas zu haben«, sagt Nat.

»Wir könnten das Foto auch auf Tassen und T-Shirts drucken lassen«, sage ich, während ich mir die Auslage im Schaufenster ansehe. »Oder auf Kissen oder –«

»Danke, Augen haben wir selber«, sagt Nat. Aber ich glaube, dass ich mehr sehe als sie, denn sie scheint nicht gemerkt zu haben, dass etwas verdächtig war an der Art, wie Amelia über Erinnerungsstücke und zukünftige Schulen geredet hat. *Hmmm.*

Nachdem wir die Schlüsselanhänger gekauft haben, beschließen Natalie und Amelia gut gelaunt, auch noch in den Schreibwarenladen zu gehen – den ich SO TOLL finde. Das ist vermutlich mein absoluter Lieblingsladen, also schlendern wir rüber und probieren die ganzen Stifte auf den kleinen Blöcken aus, die zum Draufkritzeln bereitliegen.

Die meisten Leute malen einfach nur Kringel, um zu sehen, welche Farbe ein Stift hat oder wie dick er ist, aber wir schreiben gerne lustige Sachen. Wir schreiben nie etwas allzu Freches, aber ich habe einmal »Pipi« geschrieben, woraufhin die Frau im Laden mich stirnrunzelnd angesehen hat.

»Entschuldige mal.« Ich erstarre, als ich die Stimme hinter mir höre. Es ist die Ladenbesitzerin, die *Pipi* nicht mag. (Verständlich. Ich meine, wer mag schon Pipi. Aber darum geht es jetzt nicht.) »Entschuldige mal«, sagt sie erneut.

Ich sehe runter auf das, was ich geschrieben habe: »Sprich mit der Hand.« Und daneben eine Zeichnung von einer Hand mit einem Pfeil, der auf sie deutet. Das ist nicht frech. Deswegen kann sie mich nicht rauswerfen. Aber vielleicht verbrauche ich zu viele Blätter auf dem Block?

Bitte werfen Sie mich nicht aus meinem Lieblingsladen, denke ich, während ich mich langsam umdrehe. Ob ich vielleicht anbieten sollte, den Stift zu kaufen?

»Hallo«, sagt die Ladenbesitzerin, als ich sie ansehe. »Bist du das Mädchen aus der Zeitung?«

Ich bin zu baff, um zu antworten. »Ähm«, presse ich hervor.

»Du siehst wirklich wie das Mädchen aus, das den witzigen Delfin-Cartoon für die Umweltkampagne gezeichnet hat«, erklärt die Frau.

»Das *ist* sie!« Nat hat alles verfolgt und kommt mir grinsend zu Hilfe. Sie legt ihre Hände auf meine Schultern und schiebt mich einen Schritt vor. Das löst mich aus meiner Starre.

»Ich bin Jessica«, sage ich. »Ich meine, ja, der Delfin-Cartoon ist von mir und ich war auch in der Zeitung.«

»Ich bin Bev«, sagt die Ladenbesitzerin lächelnd. Sie schüttelt meine Hand. »Ich habe den Artikel über dich mit großem Vergnügen gelesen. So eine schöne Geschichte! Eine nette Abwechslung zu all den Negativschlagzeilen und Schreckensnachrichten, die man sonst liest.«

»Danke«, sage ich. Langsam geht mir auf, dass ich *erkannt* worden bin. Von einer *Fremden*. Ich bin offiziell ein besseres Thema als die *üblichen Negativschlagzeilen und Schreckensnachrichten*. Das ist eigentlich kein besonderes Kompliment, aber doch schön zu hören.

»Ich war auch sehr beeindruckt davon, dass dein Cartoon sich so schnell verbreitet hat«, sagt die Ladenbesitzerin. *Bev*. »Du hast offensichtlich Talent.«

»Danke«, sage ich erneut.

Bev zögert. »Könnte es vielleicht sein, dass du rein zufällig den Stift, mit dem du ihn gezeichnet hast, in diesem Laden gekauft hast? Ich habe dich hier schon ein paarmal gesehen.«

Ich denke *Pipi* und werde rot. »Äh, ja«, sage ich. »Ich meine, er war ein Geburtstagsgeschenk, aber er stammte von hier.«

»Würdest du in diesem Fall … falls du nicht allzu sehr in Eile bist«, sagt Bev, »also würde es dir etwas ausmachen, wenn ich ein Foto von dir mache? Damit könnten wir vielleicht ein wenig Werbung für den Laden machen.«

»Äh …«

»Nichts zu Ausgefallenes oder Anspruchsvolles«, fügt sie hastig hinzu. »Ich dachte mir nur, ich könnte es vielleicht ins Schaufenster stellen und dazuschreiben, dass die berühmte Cartoonistin aus unserer Stadt hier gewesen ist. Das verleiht dem Laden ein Flair von Vornehmheit und Attraktivität.«

Ganz offensichtlich erinnert sie sich gar nicht mehr an die Pipi-Sache!

»Also …« Ich schaue Nat und Amelia an und grinse peinlich berührt. Nat lächelt und Amelia zuckt die Schultern.

»Du bekommst dafür auch ein paar Gratisstifte«, bietet Bev mir mit hoffnungsvollem Blick an.

»Einverstanden«, sage ich.

Die nächsten paar Minuten fliegen nur so an mir vorbei. Bev macht Fotos, auf denen ich verschiedene Schreibartikel an diversen Ecken des Ladens halte. Nat und Amelia hängen an der Tür herum und sehen gelangweilt aus.

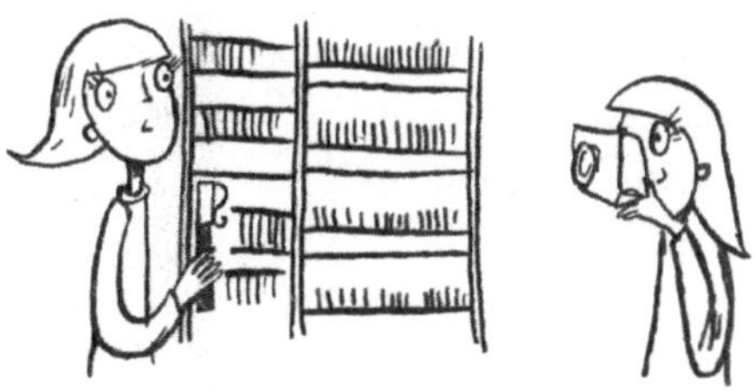

»Ich glaube, wir sind fast fertig«, sagt Bev.

»Fast fertig!«, rufe ich Natalie und Amelia zu und versuche, dabei nicht allzu breit zu grinsen.

Es fühlt sich wirklich an, als wäre ich jetzt berühmt. Ich meine, ich kann kaum aus dem Haus gehen, ohne dass jemand ein Foto von mir machen will. Sozusagen. Das ist toll.

»Ganz innigen Dank«, sagt Bev. »Such dir aus der Auslage einfach aus, was dir gefällt. Hemmungslos.«

»Wow, danke«, sage ich. »Können meine Freundinnen sich auch etwas aussuchen?«

»Ich wüsste nicht, was dagegenspricht.«

Bev überreicht mir eine riesige Schachtel Farbstifte und einen Block und besteht darauf, dass ich beides nehme. Außerdem suche ich mir einige der Stifte aus, die wir getestet haben, und eine aufregend aussehende Kalligrafie-Feder. Aber das erscheint mir dann wirklich genug und ich will nicht zu dreist sein. Natalie sucht sich einen goldenen und einen silbernen Stift aus und Amelia entscheidet sich für einen lila Stift mit einem pinken Flauschdings am Ende. Ich *liebe* Schreibwaren. Ich *liebe* diesen Moment. Das war so ein toller Tag.

»Wie cool war das denn?«, sage ich, als wir zum Bus gehen, um heimzufahren.

»Sehr cool«, sagt Nat bereitwillig.

»Ich bin so froh, dass ich für euch beide auch noch Stifte bekommen konnte«, sage ich. »Wo ihr mir doch schon so viele Milchshakes spendiert habt.«

»Ja, danke«, sagt Amelia.

»Ist das nicht toll?« Ich kann immer noch nicht glauben, was gerade passiert ist.

»Ja, toll«, sagt Natalie und lächelt mich an, aber ich meine zu sehen, dass sie und Amelia die Augen verdrehen. Ich muss mich wohl daran gewöhnen, dass jetzt alle auf mich neidisch sind.

14. kapitel

»Tammy, ich verstehe nicht, worin das Problem besteht«, sage ich verwirrt.

»Ich bin völlig fassungslos, wie du uns verraten hast!«, sagt Tammy aufgebracht.

»Kein Grund zu schreien.« Dad versucht vergeblich, meine Schwester zu beruhigen. Die Küche hat sich in einen Gerichtssaal verwandelt und Tammy ist Staatsanwältin, Richterin und Geschworene in einer Person.

»Ich glaub's einfach nicht, wie schnell du dir selbst untreu geworden bist«, sagt Tammy scharf.

»Wovon redest du?«, rufe ich aus. »Kann ich nicht der Umwelt helfen und trotzdem Stifte mögen?«

»Nein, du kannst nicht behaupten, etwas für die Umwelt tun zu wollen, und dich dann für Werbung bezahlen lassen«, behauptet Tammy. »Das ist scheinheilig. Die großen Konzerne sind ein Teil des Problems, das wir bekämpfen.«

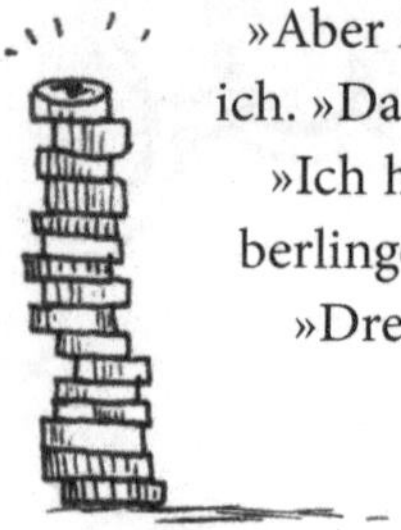

»Aber *Pen & Ink* ist nur ein kleiner Laden«, erkläre ich. »Darum hat Bev mich mit Stiften bezahlt.«

»Ich hoffe, du hast Freude an deinen zwanzig Silberlingen!«, sagt Tammy dramatisch.

»Dreißig«, sagt Dad.

»Bitte?«, fragt Tammy.

»Judas hat Jesus für *dreißig* Silberlinge verraten, nicht zwanzig. Falls es das ist, worauf du anspielst.«

Also ehrlich, auf wessen Seite steht er eigentlich? Ich habe *niemanden* verraten. Glaube ich jedenfalls nicht. Und wenn, dann nicht mit Absicht.

»Spielt das eine Rolle?«, fragt Tammy.

»Was ist das für ein Krach?« Mum kommt mit Tüten voller Einkäufe durch die Hintertür in die Küche. »Man kann euch bis draußen hören.«

»Es spielt sehr wohl eine Rolle, solche Dinge genau zu nehmen«, murmelt Dad. Dann fragt er aufmunternd: »Möchte jemand eine Tasse Tee?«

»Ja, bitte«, sagt Mum.

»Es gab keinen Handel mit Silberlingen«, betone ich. »Ich habe ihr wirklich nur einen Gefallen getan.«

»Hast *du* das schon mitbekommen?«, will Tammy von Mum wissen. »Deine Zweitgeborene verkauft ihre Seele. Sie macht *Werbung*.«

»Ich habe davon gehört«, sagt Mum und fängt an, die Lebensmittel auszupacken. »Und ich denke wirklich, dass du ein bisschen naiv warst, Jessica«, sagt sie zu mir.

»*Danke*«, sagt Tammy selbstgefällig.

»Wirklich?«, frage ich Mum.

»Ja«, antwortet Mum. »Du hast nicht mal versucht zu handeln. Du hättest erst mit mir oder deinem Vater sprechen sollen. Nimm nie das erste Angebot an.«

»Wie bitte!«, ruft Tammy aufgebracht. »Ich beschwere mich doch nicht, weil sie *nicht angemessen* für ihre Werbung bezahlt wurde. Sie hätte sich *überhaupt nicht* darauf einlassen sollen.«

»Ach so«, sagt Mum.

Ich hasse es, mich mit Tammy zu streiten. Das kommt nicht oft vor, und plötzlich habe ich Angst, ich könnte zu heulen anfangen. Ich weiß nicht, ob Tammy mir ansieht, dass sich mein Gesichtsausdruck verändert, aber sie sagt plötzlich: »Hör mal, Jess, ich hacke nicht auf dir herum.« Woraufhin ich beinahe anfange, hysterisch zu lachen.

»Da wäre ich doch glatt drauf reingefallen«, murmle ich.

»Schau mal, es ist nur so …« Tammy hält inne und denkt offensichtlich genau darüber nach, was sie sagen soll. »Ich bin gegen Werbung und die ganze Gesinnung, die damit ausgedrückt wird. Und es ist wichtig, dass du darüber nachdenkst, was für Auswirkungen scheinbar kleine Entscheidungen, die du aus einer Laune heraus triffst, auf andere, größere Dinge haben.«

Sie atmet tief durch. »Tut mir leid, dass ich dich angeschrien habe. Ich war nur so enttäuscht, dass du dein Talent dazu verwendest, dich gegen alles zu stellen, woran ich glaube. Aber ich weiß, dass du es nicht absichtlich getan hast. Und letztendlich ist es deine Entscheidung, was du tust.«

»In Ordnung«, sage ich immer noch leicht verwirrt. Ich meine, so hatte ich das überhaupt noch nicht gesehen.

»Aber bitte such dir keinen Job in der Werbung, wenn du groß bist«, fügt Tammy hinzu.

»Außer, du machst Werbung für Wohltätigkeitsorganisationen«, sagt Dad fröhlich.

Ehrlich, die moderne Welt ist ein Minenfeld. Es ist also in Ordnung, für eine gute Sache zu werben, aber nicht für Schreibwaren. Aber ich halte Schreibwaren für eine gute Sache. Ich mag Schreibwaren wirklich.

»Bist du deswegen gekommen, Tammy?«, fragt Mum, während sie planlos ihre Einkäufe verstaut. »Um Jessica die Freude zu verderben?«

»Was? Nein, und ich habe mich doch gerade bei Jessica entschuldigt«, verteidigt Tammy sich entrüstet.

Ja, hat sie das? Na ja, irgendwie schon. Ich werde mich damit zufriedengeben.

»Also bist du nur gekommen, um mit uns einen gemütlichen Familiensonntag zu verbringen, ja?«, fragt Dad grinsend.

»Der war gut.« Mum grinst ebenfalls, als Dad ihr eine Tasse Tee reicht.

»Eigentlich bin ich gekommen, um Mum zu erzählen, was es Neues von ihrem Ernährungsblog gibt«, sagt Tammy.

»Ach ja?« Mum setzt sich mit ihrem Tee an den Tisch und Tammy hockt sich ihr gegenüber. »Ich habe mir die Statistiken angeschaut, wie du es mir gezeigt hast«, sagt Mum. »Es werden immer mehr Besucher.«

»Ja, der Blog läuft echt gut«, bestätigt Tammy. »Genau, wie ich es vorhergesagt habe.«

»Ich habe weitere Rezepte reingestellt und auf die Kommentare und Fragen geantwortet«, sagt Mum. »Das waren eine ganze Menge.«

»Genau darüber wollte ich mit dir reden«, sagt Tammy. »Wärst du daran interessiert, einen Vortrag zu halten?«

»Welche Art Vortrag?«, fragt Dad. »Wie wir alle wissen, ist deine Mutter nicht der Typ, der Hetzreden hält.«

»Sagt der Baum-Mann!«, spiele ich auf Dads Zeit als Aktivist an.

»Werd nicht frech, Jessica«, sagt Mum. »Also, welche Art Vortrag?«, fragt sie Tammy.

»Bei einer Selbsthilfegruppe für alleinerziehende Eltern und Familien mit geringem Einkommen«, erklärt Tammy. »Im Gemeindezentrum. Es werden auch andere Redner da sein. Du brauchst nur fünfzehn bis zwanzig Minuten lang darüber zu reden, wie man mit wenig Geld gesund kochen und essen kann.«

»Ist das nicht ein bisschen … gönnerhaft?«, fragt Mum bedächtig.

»Das wäre es vielleicht, wenn du das nicht alles selbst durchlebt hättest«, sagt Tammy. »Glaub mir, die Leute wollen solche Sachen wissen. Dir muss doch aufgefallen sein, dass auf dem Blog immer wieder dieselben Fragen gestellt werden?« Mum nickt. »Alles, was du tun musst, ist diese Fragen alle auf einmal vor einem Raum voller Zuhörer zu beantworten.«

»Es wird also eine Frage-Antwort-Runde geben?«, fragt Dad, der sich über die Gelegenheit freut, einen Manager-Begriff zu benutzen.

»Ja, am Ende«, sagt Tammy. »Wenn du einfach in zehn Minuten deine besten Tipps und billigsten oder einfachsten Rezepte zusammenfassen könntest, dann können wir danach die Fragerunde eröffnen. Ich war schon auf solchen Veranstaltungen, Mum. Sie sind echt nett.«

»Hmmm«, sagt Mum. »Ich weiß nicht so recht.«

»Das schaffst du«, ermutige ich sie. »Du kannst einem Raum voll fremder Leute beibringen, wie man Kidneybohnen isst, die übers Verfallsdatum sind.«

»Diese Kidneybohnen waren völlig in Ordnung, Jessica«, sagt Mum eingeschnappt. »Ich habe daran gerochen und sie waren noch gut. Und schließlich ist keinem von uns schlecht geworden, oder?«

»Das ist die richtige Einstellung!«, sage ich.

»Ich bezweifle, dass sie so etwas hören wollen«, meint Dad.

»Allerdings«, sagt Tammy. »Dann werden sich alle gleich viel besser fühlen. Erwähne unbedingt alle Missgeschicke. Das ist witzig und wird das Eis brechen.«

»Wenn du magst, schreibe ich dir eine Liste«, biete ich an.

Mum lacht und sagt, ich sei frech. Dann wuschelt sie mir liebevoll durch die Haare. »In Ordnung, ich mache es.« Sie ist in letzter Zeit wirklich blendend gelaunt.

»Lass es mich wissen, wenn du irgendwelche Tipps über öffentliches Reden und den Umgang mit Ruhm brauchst«, sage ich zu ihr. »Darin bin ich derzeit echt gut.«

Als ich Mum später helfe, den Müll rauszubringen, laufen wir unseren Nachbarn von nebenan in die Arme, den VanDerks, die gerade in ihrem Vorgarten arbeiten. Ich mache mir Sorgen, dass Mums gute Laune dadurch einen ernsten Dämpfer bekommen wird.

»Hallo zusammen!« Mr VanDerk winkt und stellt das Laubgebläse ab.

»Mach dich auf mächtig viel Wirbel gefasst!«, sagt Mum zu mir genau in dem Augenblick, als der Krach aufhört. Ich unterdrücke mühsam den Wunsch zu kichern.

»Wie bitte?« Mr VanDerk runzelt die Stirn.

»Ihr Laubgebläse wirbelt eine Menge Staub auf«, erklärt Mum.

»Aber nein«, sagt Mr VanDerk. »Das wirbelt nur Blätter auf.«

Mum und ich lachen. Ich liebe diese glückliche Seite an ihr, wenn sie sorglos und gewitzt ist und sich nicht darum schert, was die Nachbarn denken. Sie ist genau wie Tante Joan, die Ähnlichkeit der beiden Schwestern ist jetzt deutlich zu sehen. (Abgesehen davon, dass sie beide gerne herumschreien.)

»Wie geht es Ihnen?«, fragt Mum höflich, als die beiden VanDerks zu uns kommen.

»Oh, danke, hervorragend«, sagt Mrs VanDerk. »Ich habe Kuchen gebacken, um Geld für die Anti-Graffiti-Liga zu sammeln. Sie haben sich verkauft wie warme Semmeln. Aber natürlich war keiner davon *grün.*«

Die beiden VanDerks schauen mich an und glucksen. Also ehrlich. Mein Fiasko mit den grünen Muffins ist zwei Jahre her. Blickt nach vorne, Leute. Ich bin jetzt eine Internet-Sensation. Verhaltet euch entsprechend.

»Jep.« Mr VanDerk lächelt und legt den Arm um seine Frau. »Sie ist eine Küchengöttin«, sagt er affektiert.

»Wie reizend«, sagt Mum. »Ich auch!«

»Verzeihung?« Beide VanDerks sehen verärgert aus.

»Ich bin gewissermaßen auch zur Küchengöttin geworden«, erklärt Mum. »Ich habe eine eigene Webseite mit von mir erfundenen Rezepten. Die Leute scheinen ganz verrückt danach zu sein.«

»*Sie?*« Mrs VanDerk gelingt es nicht recht, ihre Verachtung zu verbergen.

»Ganz recht.« Mum nickt. »Ich werde bald im Gemeindezentrum einen Vortrag darüber halten.«

»Wie außergewöhnlich«, sagt Mr VanDerk.

»*Sie?*«, wiederholt Mrs VanDerk, von dieser Wendung der Unterhaltung augenscheinlich völlig aus dem Konzept gebracht. Mum nickt erneut und lächelt dabei.

Mir fällt auf, dass Mum nicht erwähnt hat, worauf ihr Ruhm und Erfolg beruhen: dem sparsamen Kochen. Ohne diese Information klingt es viel glamouröser, eben mehr nach Küchengöttin. Aber dann macht sie alles zunichte.

»Tja, ich muss wieder ins Haus«, sagt Mum. »Diese Sojawürfel weichen sich nicht von allein in Salzwasser ein.«

Die VanDerks verziehen leicht angeekelt die Gesichter, als sie gezwungen sind, sich unser Abendessen vorzustellen.

»Guten Appetit«, presst Mrs VanDerk hervor.

»Was für eine verrückte Welt«, sagt Mr VanDerk.

15. kapitel

»Hallo Leute, ich habe gute Neuigkeiten!«, begrüße ich Joshua, Tanya und Lewis, die wie üblich auf den gemütlichen Sesseln in der Lese-Ecke vor der Bibliothek hocken.

»Ach ja?«, sagt Tanya.

»Äh, warte mal, sollten wir nicht erst unser Gespräch von eben beenden, bevor Jessica uns unterbricht?«, sagt Lewis. Er kann mich ganz entschieden noch weniger leiden als bisher. Aber das beruht wahrscheinlich auf Gegenseitigkeit.

»Nö.« Tanya winkt ab. »Wenn Toons sagt, dass sie gute Neuigkeiten hat, dann will ich sie gleich hören.« Ich wusste, dass es einen Grund dafür gab, wieso Tanya eine tolle Freundin ist. So was wie das.

»Okay.« Ich setze mich und nicke Tanya dankbar zu. »Ich bin zu einem Event im Comicshop in unserer Stadt eingeladen worden. Was bedeutet, dass *wir* eingeladen sind. Lasst uns die beste Strategie besprechen, wie wir dort unseren Comic vermarkten!«

»Oh mein *Gott!*« Tanya umarmt mich tatsächlich. Und sie

ist wirklich kein Mädchen, das auf Umarmungen steht. Sie muss sich extrem darüber freuen. Ich wusste es!

»Warte mal!« Joshua ist beeindruckt. »Man hat dich eingeladen, an *dem hier* teilzunehmen?« Er holt einen Flyer aus seiner Schultasche. Auf dem Flyer steht in Comic-Buchstaben »Comic-tastisch«.

»Ja, genau. Cool«, sage ich. »Du weißt also schon davon?«

»Na klar«, sagt Joshua. »Ich bin Stammkunde in Big Daves Comicladen.«

»Ausgezeichnet«, sagt Tanya. »Du bist unser Insider. Wie ist die Lage?«

»Big Dave hasst Kinder«, antwortet Joshua. »Er ignoriert jeden, der auch nur so aussieht, als wäre er jünger als zwölf Jahre. Denen beantwortet er keine Fragen. Manchmal deutet er mit dem Finger auf etwas anstelle einer Antwort. Ich glaube, er wurde wegen der zurückgehenden Verkaufszahlen gezwungen, kinderfreundliche Veranstaltungen zu organisieren. Er wird alles andere als begeistert davon sein.«

»Interessant«, sagt Tanya. »Zeig mal den Flyer. Wer wird sonst noch da sein?«

»Ein paar ziemlich gute Leute sogar«, sagt Joshua. »Big Dave kennt jeden. Die Leute werden Schlange stehen, um von diesem Kerl ein Autogramm zu ergattern.« Joshua deutet auf einen Namen, während er Tanya den Flyer reicht.

»Über dich steht gar nichts drin, Toons.« Tanya studiert den Flyer von beiden Seiten.

»Ich bin einer der *anderen Gäste, die noch angekündigt werden*«, sage ich. »Eine gewisse Miriam, die Big Dave hilft, sagte, dass sie mit mir ein kurzes Interview darüber machen wollen, warum ich gerne Cartoons zeichne, wie ich damit angefangen habe und wie es sich angefühlt hat, rasend schnell im Internet bekannt zu werden.«

»Ich frage mich, wieso sie dich engagiert haben«, sagt Lewis.

»Hallo?«, gebe ich zurück. Habe ich das nicht gerade ausführlich erklärt?

»Na, ich meine, du hast nur einen Delfin gezeichnet. Es ist ja nicht so, als ob du eine berühmte Comiczeichnerin wärst.«

»*Zwei* Delfine«, verbessere ich ihn. »Sie unterhalten sich über eine Sprechblase.«

»Und sie ist sehr wohl eine bekannte Comiczeichnerin«, korrigiert Tanya. »Wir wollen doch unseren Comic ins Gespräch bringen, du Blödnuss.«

Ich füge hinzu: »Miriam hat außerdem gesagt, dass viele der Kinder, die Comics kaufen, selbst welche zeichnen wollen, darum könnte es ihnen gefallen, von jemandem in ihrem Alter zu erfahren, der damit Erfolg hat.« Klinge ich ein wenig überheblich? Hmmm.

»Wie auch immer«, sagt Joshua, der das offensichtlich zu denken schein. »Wir müssen uns überlegen, wie wir es angehen wollen.«

»Ich habe eine Idee«, sage ich.

»Bin ganz Ohr, Toons«, sagt Tanya. »Die Bühne gehört dir.«

»Gut«, erwidere ich. »Im Moment ist unser Comic verständlicherweise sehr auf die Schule fokussiert.«

»Offensichtlich«, sagt Lewis.

»Wenn wir also versuchen würden, ihn beispielsweise in einem Comicladen zu verkaufen, würden die meisten Leute die Hälfte der Anspielungen nicht verstehen.«

»Das ist wahr«, stimmt Joshua mir zu.

»Als Lösung für dieses Problem schlage ich vor, dass wir ein *Best of* zusammenstellen«, verrate ich den anderen.

»Ein *Best of?*«, fragt Lewis und verzieht unnötigerweise das Gesicht.

Ich beachte ihn gar nicht. »Wir haben eine Menge genialer Witze und Comicstrips, in denen die Schule überhaupt nicht erwähnt wird. Wir sollten davon die allerbesten zusammenstellen, wie eine Visitenkarte. Das wird gleichzeitig unser Verkaufsargument und das Produkt, das wir verkaufen. Ein *Best of*.«

»Das ist genial, Toons«, sagt Tanya und schlägt mir so fest auf den Rücken, dass ich husten muss.

»Die Idee ist echt gut«, findet auch Joshua.

»Hmmmm«, brummt Lewis nachdenklich, aber er kann keinen Haken an der Sache finden.

»Prima«, sagt Joshua. »Was wollen wir also reinnehmen?«

»Auf jeden Fall *Roland, der schwächelnde Superheld*«, sagt Lewis. »Der hat überhaupt nichts mit der Schule zu tun.«

»Guter Vorschlag«, stimmt ihm Tanya zu.

»Wir müssen zwei oder drei der besten Roland-Comics aussuchen«, sage ich. Die anderen nicken.

»Jess, dieser Cartoon, den du von einer Biene und einer Wespe gezeichnet hast, die sich streiten, wäre auch ideal«, sagt Joshua.

»Unbedingt«, meint Tanya.

»Au ja, das ist er wirklich«, sagt Lewis.

Und plötzlich sind wir wieder ein Team, das gemeinsam an etwas arbeitet. *Puh*.

Nach einer ausführlichen Diskussion einigen wir uns auf zwei Roland-Comics, meinen Cartoon über die Biene und die Wespe und einige andere kleine Zeichnungen, die am besten zeigen, was wir draufhaben, und dabei die ganzen verschiedenen Stilrichtungen abdecken. Jetzt müssen wir sie nur noch auf den Seiten anordnen und schön ausdrucken.

Oh mein Gott, *oh mein Gott*, gleich werde ich hier im Comicladen vors Publikum treten und

OMG

über Cartoons reden. Oh mein Gott. Es wird gut laufen. Es wird ganz bestimmt gut laufen. Ganz bestimmt.

»Bitte heißen Sie Jessica Morris willkommen!«, höre ich Miriams Stimme und trete unter höflichem Applaus hinter dem kleinen Vorhang hervor.

Das ist *Phase eins* des raffinierten Plans, den Tanya ausgeheckt hat. Ich bin mir nicht ganz sicher, ob er etwas taugt. *Phase zwei* macht mir echt Angst, wenn ich ehrlich bin.

Phase eins ist einfach: Miriam interviewt mich fünf Minuten lang und ich versuche den Comic so oft wie möglich zu erwähnen. Tanya hat das mit mir einstudiert, und alles, was ich tun muss, ist, »mich nicht bremsen zu lassen«, wenn ich versuche, den Comic mit aller Gewalt ins Gespräch zu bringen.

Wenn es mir dann gelungen ist, durch ständiges Erwähnen des Comics die optimalen Voraussetzungen zu schaffen, folgt *Phase zwei*. Joshua, Tanya und Lewis werden überraschend aufspringen und verkünden, dass unser Comic JETZT gekauft werden kann! Und zwar super-, supergünstig.

Wie gesagt, ich bin mir nicht sicher, ob der Plan etwas taugt.

Ich sitze Miriam auf einem Stuhl gegenüber. Auf einer Leinwand hinter uns ist mein Delfin-Cartoon vergrößert zu sehen.

»Danke, dass du heute hier sein kannst, Jessica«, sagt Miriam. »Wie hast du dich gefühlt, als dein Cartoon im Internet von Tausenden Leuten geteilt und dadurch viral wurde?«

»Großartig«, sage ich. »Fast so großartig wie damals, als ich mit einigen Freunden an unserer Schule meinen eigenen Comic rausgebracht habe.« Miriam nickt. Im Publikum zeigt Tanya mir den hochgereckten Daumen.

»Wunderbar. Wieso hast du dich entschieden, diesen Car-

toon zu zeichnen? Liegt dir die Umwelt sehr am Herzen? Hast du viele *Captain Planet Comics* gelesen und wurdest davon inspiriert? Oder war es *Aquaman*, der das Meer beschützt? Oder vielleicht *Das Ding aus dem Sumpf*, das den Wald verteidigt?«

Bei diesen Anspielungen kichern die Zuschauer.

»Ja, schon«, sage ich. »Meine Schwester wollte, dass ich es zeichne. Sie ist Umweltaktivistin. Und ich mache mir ebenfalls Sorgen wegen der globalen Erwärmung. Wir sind vermutlich die letzte Generation, die das Ruder noch herumreißen kann.«

Ich sehe in den Zuschauerraum und fange Tanyas Blick auf. Sie bedeutet mir mit einer Handbewegung weiterzureden, also füge ich hinzu: »Aber normalerweise zeichne ich witzige Cartoons über meine Schule, zusammen mit meinen Freunden, mit denen ich meinen eigenen Comic herausgebe.«

Miriam geht nicht darauf ein. »Wie fängst du an, wenn du einen Cartoon zeichnest?«

»Nun, wenn es für meinen Comic ist, dann beginnt es mit einem gemeinsamen Ideenbrainstorming –«

»Nein«, unterbricht mich Miriam. »Wie kommst du selbst auf deine Ideen? Wir wollen nichts über deine Freunde hören. Heute bist du hier der Star.«

»Oh, äh.« Natürlich fühle ich mich geschmeichelt. Ich bin heute hier der Star. Ich meine, wir haben alle gehört, was sie gesagt hat. Und zumindest sind Tanya und die anderen da und bekommen direkt mit, wie schwierig es ist, bei einem Thema zu bleiben, wenn die anderen nicht daran interessiert sind.

Erwähnte ich schon, dass ich der *Star* bin? Ich kann mein Publikum nicht enttäuschen. Die Menschen brauchen Antworten. Also stürze ich mich in eine Erklärung, wie ich an meinem Schreibtisch sitze und nachdenke. Ich erzähle, wie ich meinen Gedanken völlig freien Lauf lasse und mich frage, wie bestimmte Ideen sich umsetzen ließen.

»Das ist sehr interessant«, erklärt Miriam. »Das könnte nützlich sein für jeden, der heute hier ist und jemals Schwierigkeiten hatte, auf neue Ideen zu kommen.« Wir sehen beide ins Publikum. Einige Zuschauer nicken. Wow, ich bin *interessant*. Für mindestens drei Leute. Aber immerhin, drei Leute!

Wir quatschen noch ein bisschen weiter, und ich unternehme ein paar halbherzige Versuche, den Comic ins Spiel zu bringen, aber um ehrlich zu sein, genieße ich es schon irgendwie, über *mich* zu sprechen.

Als wir uns dem Ende des Gesprächs nähern, sehe ich Tanya Grimassen schneiden, also frage ich, ob ich noch etwas hinzufügen kann, und Miriam sagt Ja.

»Exklusiv und speziell für Comic-tastisch möchte ich eine Sonderausgabe des *Höllfern-Comics* ankündigen! Tadaa!«

Aufs Stichwort erscheinen Joshua und Lewis wie aus dem Nichts und präsentieren einen kleinen Stapel unserer neuen *Best-of*-Ausgabe.

»Und zwar ganz, ganz billig!«, füge ich hinzu und weiche Miriams Blick aus. »Zum Einführungspreis.«

Miriam starrt mich ungläubig an, dann sagt sie ins Publikum: »Also, wir machen jetzt eine kurze Pause.«

Sobald das Mikrofon ausgeschaltet ist und alle durch den Laden schlendern, ohne uns zu beachten, wendet sich Miriam verärgert an mich. »Was sollte das denn?«

»Ähm, mein Comic?«, tue ich unschuldig.

»Du hättest das vorher mit mir absprechen müssen«, sagt Miriam aufgebracht. »Solche Sachen müssen vorher genehmigt werden.«

»Tut mir leid«, sage ich und fühle mich sofort grässlich und ganz klein, nachdem ich mich vorhin so groß gefühlt habe, als alle von mir beeindruckt waren.

»Das ist sehr unprofessionell«, ergänzt sie. »Warum hast du mir nicht gesagt, dass du so etwas vorhast?«

»*Hallöchen*, ich bin Tanya Harris!« Tanya taucht plötzlich neben mir auf und hält Miriam ungestüm die Hand hin. Miriam zögert, doch dann ergreift sie Tanyas Hand und schüttelt sie.

»Hallo«, sagt Miriam immer noch mit verärgertem Unterton.

»Ich fürchte, das war mein Fehler, Mrs M«, sagt Tanya. »Ich hielt es für eine nette Überraschung.«

»Nun, es war nicht nett und mein Name ist Miriam. Nenn mich bitte nicht Mrs M.«

»Da haben Sie wohl recht«, sagt Tanya gut gelaunt. »Man kann einem Kind nicht böse sein für den Versuch.«

»Doch, das kann man«, sagt Miriam. »Ich muss mich an meinen Zeitplan halten und muss wissen, was passiert, damit ich den Überblick behalte. Wenn die Leute anfangen, Schmierentheater aufzuführen, dann gerät alles aus den Fugen.«

»Wie gesagt, mein Fehler. Wird bestimmt nicht wieder vorkommen«, sagt Tanya nicht die Spur zerknirscht. »Ich übernehme die volle Verantwortung. Aber wissen Sie, was die einen *Schmierentheater* nennen, ist für die anderen *Unternehmertum*. Wir müssen alle mal klein anfangen.«

»Wird wohl so sein.« Miriam seufzt und sieht Tanya mit widerwilligem Respekt an. »Ihr seid ein neues Start-up und wollt damit in die Welt kapitalistischer Unternehmen vorstoßen, nicht wahr?«

»Genau so ist es, jawohl«, sagt Tanya.

»Also gut«, sagt Miriam. »Ihr könnt ausnahmsweise euren Comic hier im Laden verkaufen, aber nur dieses eine Mal. Wir bekommen zwanzig Prozent von euren Einnahmen.«

»Normalerweise nehme ich nicht gleich das erste Angebot an«, sagt Tanya, ohne eine Miene zu verziehen. »Aber da ich sehe, dass Sie eine viel beschäftigte Frau sind, und da ich gerne meinen Fehler von vorhin wiedergutmachen möchte, sage ich: Wir sind im Geschäft.« Wieder schütteln sie sich die Hände.

»Großartig«, sagt Miriam trocken. »Ich muss jetzt den nächsten Redner vorbereiten. Nettes Interview, Jessica.« Und schon ist sie weg.

Ich starre Tanya voller Ehrfurcht an. »Bin ich gut oder bin ich gut?«, fragt sie grinsend.

»Das war eine äußerst raffinierte Verhandlungstaktik«, sage

ich aufrichtig. Tanya ist *brillant* darin, Probleme zu lösen – auch wenn sie sie zugegebenermaßen selbst verursacht hat. Aber *trotzdem*. Ich bin zutiefst beeindruckt.

Und das Event ist für mich und den Comic hervorragend gelaufen. High five für alle.

16. kapitel

»Rate mal, wer wieder in der Zeitung steht!« Dad wirft mir die Lokalzeitung rüber. Ich schaue mir die Seite an, die er aufgeschlagen hat, und entdecke einen kleinen Artikel mit der Überschrift: »Ortsansässige Cartoonistin schlägt auf Comic-Event wie eine Bombe ein.« Es gibt ein Foto, auf dem ich mit Miriam rede, man kann einige Köpfe der Zuschauer sehen und im Hintergrund auf der Leinwand meinen Delfin-Cartoon.

Wow, ich hatte keine Ahnung, dass die *Presse* dort sein würde. Ich erinnere mich auch nicht daran, dass Fotos gemacht wurden. Ich lese weiter. Der Artikel enthält eine Zusammenfassung der Dinge, die ich während des Interviews gesagt habe. *Cool.*

»Werd nicht zu eingebildet«, ermahnt mich Mum und sieht von unserem Laptop auf (auf dem sie wieder nachgeschaut hat, wie viele Besucher ihre Website inzwischen hat).

Das Telefon klingelt. Ryan springt auf, um dranzugehen, und reicht es dann Mum. »Ich glaube, es ist für dich.«

»Du glaubst?« Mum nimmt das Telefon und hört mit nachdenklichem Gesicht zu, was der Anrufer ihr zu sagen hat. »In Ordnung, ja, alles klar. Danke. Wir werden uns deswegen wieder bei Ihnen melden.« Sie legt auf und sieht mich an. »Tja, Jessica, und schon wieder bietet sich eine Chance!«

Oh mein Gott, oh mein Gott. *Ich wurde gebeten, einen Comicstrip für die Lokalzeitung zu zeichnen!* Ein Traum ist wahr geworden! *Wenn das keine herausragende Leistung ist!* Nicht, dass mich das noch irgendwie kümmern würde. Ich erwähne es nur. Und überhaupt war das mit den Leistungen ja nicht *meine* Idee.

Anscheinend hat der Reporter, der Comic-tastisch besucht hat, einen unserer Comics gekauft! (Wir haben insgesamt fünf davon verkauft, ist das nicht toll? Wir haben pro Exemplar zwanzig Pence verlangt, haben also insgesamt ein Pfund verdient, davon mussten wir aber zwanzig Prozent Miriam geben, also zwanzig Pence. Es bleibt ein Gewinn von achtzig Pence. Ich weiß, dass das nicht besonders viel ist, aber Tanya hat immer wieder gesagt, dass man klein anfangen muss. Und von meinem Anteil könnte ich an der neuen Schule ein Eis am Stiel kaufen, darum fühlt sich das für mich an, als hätte ich einen Profit gemacht.

20p × 5 - 20% = 80p

Wie auch immer, der Reporter mochte ganz besonders den Cartoon, den ich von einer Biene gezeichnet habe, die als Wespe auf eine Kostümparty geht. Er hat ihn einigen anderen

Leuten von der Zeitung gezeigt. Bei einem Meeting waren sie sich einig, dass es witzig sein könnte, mich probehalber jede Woche einen Cartoon für sie zeichnen zu lassen. Zuerst wollen sie den mit der Biene veröffentlichen. Mein Bienencartoon soll *in der Zeitung* veröffentlicht werden! Mit *meinem* Namen darunter. Als wäre ich ein *echter Cartoonist.*

Das ist wahrlich und wahrhaftig das Wunderbarste, das mir je passiert ist. Ich habe es *geschafft.* Mit nur elf Jahren habe ich meinen Traumjob ergattert. Und es ist sogar ein richtiger Job. Ich bekomme für jeden Cartoon zwanzig Pfund bezahlt. Ganze zwanzig Pfund!

Mum und Dad erlauben mir das unter der Bedingung, dass ich mindestens die Hälfte meiner Einnahmen auf ein Sparkonto lege, aber das bedeutet immer noch, dass ich jede Woche zehn ganze Pfund habe und mir bei McDonald's so viele Milchshakes kaufen kann, wie ich will. Endlich sind die Zeiten vorbei, in denen ich um Brotkrumen betteln oder bei Natalies Milchshake mittrinken musste. Ich bin jetzt dick im Geschäft.

Joshua, Tanya und Lewis haben es erstaunlich gut aufgenommen. Ich hatte mir etwas Sorgen gemacht, dass sie sich ärgern und mir vorwerfen würden, ich hätte den Comic nicht genug in den Vordergrund gerückt. Oder dass Lewis fragen könnte, warum *ihm* keiner anbietet, einen Comicstrip zu veröffentlichen. Aber sie freuen sich alle immer noch darüber, dass wir fünf Exemplare verkauft haben. Und wie Tanja gesagt hat: Was einen von uns gut dastehen lässt, rückt auch die anderen in ein gutes Licht. Und ich war wirklich sehr nett und taktvoll, als ich ihnen die Neuigkeiten erzählt habe.

Als ich Natalie und Amelia davon berichtet habe, war ich zugegebenermaßen etwas überdrehter. Das kommt nur daher, dass sie immer behauptet haben, *Cartoons seien kein großes Ding*. Ich glaube, noch schlüssiger hätte ich den beiden nicht beweisen können, *dass Cartoons sehr wohl ein großes Ding sind*. Außer ich hätte ein Cartoons-T-Shirt gemacht mit dem Aufdruck »Auch wir sind ein großes Ding«.

Doch abgesehen davon, dass ich vor Freude in die Luft springen könnte, hat der Erfolg mich nicht verändert. Er ist mir ganz bestimmt nicht zu Kopf gestiegen. Und wenn eines Tages eine Fernsehserie über mein Leben gedreht wird, werde ich auf jeden Fall meine Freunde aus dem Comic-Team als Drehbuchautoren vorschlagen. Wenn du jemanden deine TV-Show schreiben oder darin auftreten lässt, dann sollte er dir dafür gewaltig dankbar sein. Stimmt's? Ha, ich mache doch nur Witze.

Das Beste an der Sache ist, dass ich eine kleine Gartenparty veranstalten darf, um meinen Erfolg zu feiern. (Ich muss allerdings auch Ryan einladen.)

Tante Joan kommt auch und bezahlt einen Teil des Essens, darum beschließen meine Eltern, eine Grillparty zu feiern! Das ist mit Abstand die schönste Zeit meines bisherigen Lebens.

Ich lade Natalie, Amelia, Joshua, Tanya, Lewis, Emily, Megan, Fatimah, Cherry und Shantair ein. Mum sagt, das wären genug Leute. Ich habe Lewis nur eingeladen, damit Joshua nicht der einzige Junge ist, aber wir sind schließlich *Kollegen.*

Es kommt mir vor, als hätte ich bei mir seit Ewigkeiten keine Party mehr gefeiert. Was für ein Riesenspaß! Es ist ein herrlich sonniger Tag, alle sind aufgeregt, weil die Ferien bald anfangen, und scheinen sich prächtig zu amüsieren.

»Hallo zusammen«, sagt Mr VanDerk, der auf der anderen Seite des Zauns erscheint.

»Hallo!« Dad winkt leutselig zurück, ganz vernebelt durch den Rauch, der vom Grill aufsteigt.

»Ich finde, es wäre durchaus nett von Ihnen gewesen, uns vorzuwarnen, dass sie eine Grillparty veranstalten«, sagt Mr VanDerk. »Der Rauch zieht direkt auf unsere frische Wäsche.«

»Ja, das liegt am Wind«, erklärt Dad.

»Ich denke, dass es eher am Rauch liegt«, sagt Mr VanDerk.

Tante Joan, die mit Ryan Ball gespielt hat, hört damit auf, um die Unterhaltung besser mitzubekommen.

»Nun ja«, sagt Dad vergnügt. »Da kann man wohl nichts machen.«

»Das ist sehr rücksichtslos«, findet Mr VanDerk.

»Ach ja?«, fragt Tante Joan und kommt näher. »Ich meine mich zu erinnern, dass Sie eine Grillparty hatten, als ich das letzte Mal hier war, und soweit ich weiß, haben Sie *uns* wegen der Wäsche auch nicht vorgewarnt.«

Dieser Angriff bringt Mr VanDerk aus der Fassung. »Ich glaube kaum, dass diese Wie-du-mir-so-ich-dir-Einstellung hilfreich ist. Und außerdem weht der Wind aus *Ihrer* Richtung.«

»Ich frage mich, ob Sie wissen, wie Wind funktioniert«, sagt Tante Joan rundheraus.

Natalie, Amelia und ich wechseln Blicke. Soll das am Ende in einen riesigen Streit vor allen meinen Freunden ausarten? Aber in dem Moment kommt Mum mit einem Tablett voll hausgemachter Burger aus dem Haus.

»Es kann losgehen! Alles fertig fürs Grillen. Mein eigenes Spezialrezept!« Sie wirft einen Blick auf die Pattsituation zwi-

schen Joan und Mr VanDerk und geht zu ihnen rüber. »Hallo. Möchten Sie gerne selber herausfinden, warum ich den dritterfolgreichsten Ernährungsblog im Land habe?« (Ich kann nicht fassen, dass sie diese Statistik kennt. Wer ist hier eingebildet?)

»Nein danke«, erwidert Mr VanDerk kurz angebunden.

»Möchtest du einen probieren, Harriet?«, ruft Mama. Harriet VanDerk sitzt unter einem Baum auf einem Kissen und liest ein Buch in Mandarin. Sie ist gar nicht weit von Nat, Amelia und mir entfernt, aber ich hatte sie gar nicht bemerkt.

»Nein danke«, erwiderte Harriet, ohne aufzusehen. Dann murmelt sie kaum hörbar: »Ich möchte keine Nahrungsmittelvergiftung bekommen.«

»Also gut«, ruft Mum zurück. »Dann bleibt mehr für uns. Joan, hilfst du mir bitte?« Geschickt lotst Mum Joan von den VanDerks fort und entschärft damit die Situation.

»Wir haben gehört, was du gerade gesagt hast«, lässt Amelia Harriet wissen.

»Ich kann nichts dafür, dass ich so hohe Ansprüche habe«, sagt Harriet hochmütig.

»Eine Schande, dass diese hohen Ansprüche nicht auch deine Kleidung betreffen«, hält Amelia dagegen.

Natalie kichert. Ich seufze. Es wäre einfacher, Amelia zu unterstützen, wenn sie Harriet nicht wegen etwas runterputzen würde, das aus meiner Sicht falsch ist.

»Ich habe Wichtigeres zu tun«, erwidert Harriet. »Geschwafel über Mode ist fast so stumpfsinnig und hirnverbrannt wie euer Gerede von vorhin.«

»Wenn wir so stumpfsinnig sind, warum hast du uns dann belauscht?«, fragt Natalie. Wir haben nur über die Disco zum Schulschluss geredet, aber es gefällt mir nicht, dass wir dabei heimlich belauscht worden sind.

»Wenn es euch nichts ausmacht, versuche ich hier in aller Ruhe zu lesen«, sagt Harriet aufgeblasen. »Es ist schließlich nicht mein Fehler, dass ich neben einer Familie von Affen und ihren idiotischen Freunden lebe.«

Ich kann mich nur mühsam beherrschen. »Ignoriert Harriet, Leute«, sage ich ruhig. »Sie versucht bloß, uns zu provozieren und meine Party zu ruinieren.«

Aber Amelia kann nicht zurückstecken, denn sie hasst es, wenn jemand sie zu übertrumpfen versucht. Und Harriet scheint entschlossen zu sein, einen Streit vom Zaun zu brechen. In ihrem eigenen Garten fühlt sie sich viel sicherer als in der Schule und traut sich darum, viel frecher zu sein.

»Ach, *das* soll das hier sein?«, sagt Harriet sarkastisch. »Eine *Party?* Ich hielt es für eine Szene aus *Planet der Affen.*« Sie bleibt also beim Affenthema. Aber der Witz zündet nicht, denn ich mag Affen sehr gerne.

»Ja, wir feiern Jessicas *künstlerischen Erfolg*«, prahlt Amelia, die von allen meinen Freunden vermutlich am wenigsten von meinen Zeichenkünsten beeindruckt ist. Aber es gefällt ihr, Harriet damit zu provozieren. »Aber ich schätze, davon hast du nicht viel mitbekommen, oder?«

»Nein, denn mich interessieren die Kritzeleien nicht, die von irgendwelchen Schafen im Internet für gut befunden werden«, kommt es verächtlich von Harriet.

»Oh ja, es ist so toll«, fährt Amelia fort. »Jessica hat ihren eigenen Comicstrip in der Lokalzeitung bekommen. Es ist großartig für sie, dass ihr außergewöhnliches Talent so gewürdigt wird. Zuerst hat sie diese tollen Bühnenbilder für das Theaterstück gestaltet, und jetzt das. Sie ist entschieden die beste Künstlerin an unserer Schule.«

»Wie bitte?« Harriet erhebt sich wutentbrannt. »Niemals. Es ist unmöglich, dass Jessica ihren eigenen Comicstrip in der Zeitung hat.«

»Ich fürchte, es stimmt«, sage ich.

Mir ist die Situation ein wenig unangenehm, weil Amelia meine Kunst nur deswegen erwähnt, weil sie weiß, dass sie Harriet damit ärgern kann, während Sticheleien über Mode

und so sie kaltlassen. Ich möchte nicht als Köder missbraucht werden, aber jetzt spiele ich irgendwie mit.

»Du lügst! Dafür bist du nicht talentiert genug«, widerspricht Harriet.

Na gut, wenn Harriet einen Streit will, dann soll sie sich darauf gefasst machen, ihn zu verlieren.

»Nun, einige Leute denken anders darüber«, erwidere ich. »Und mein Honorar beweist das.«

»Die geben dir Geld dafür?«, keucht Harriet.

»Ja. Echtes Geld«, verkünde ich zufrieden. »Manche Kinder tragen Zeitungen aus, um ihr Taschengeld aufzubessern, und ich arbeite für die Zeitung.«

Ich weiß nicht, warum ich das eben gesagt habe. Es war ein bisschen gehässig und meiner unwürdig, aber trotzdem. Harriet hat damit angefangen. Auch wenn es Amelia war, die es auf die Spitze getrieben hat.

»Unglaublich«, sagt Harriet, stürmt in ihr Haus und knallt die Hintertür ins Schloss.

17. kapitel

»Wie wäre es, wenn ich euch auf einen Milchshake einlade?«, frage ich. Wir sind nach der Schule zu McDonald's gegangen und ich habe heute die Spendierhosen an.

»Aber bist du danach nicht wieder blank?«, fragt Nat.

Mir wird klar, dass sie recht hat. »Nein«, schwindle ich. »Ich bin jetzt reich. Reich, das sage ich euch. Setzt euch, ich bringe die Milchshakes zum Tisch.« Ich bin kein Sozialfall mehr, das ist die Hauptsache.

Als ich in der Schlange warte, ziehe ich die Lokalzeitung aus der Tasche und bewundere mein Werk. Schwarz auf weiß gedruckt sieht mein Bienencartoon total professionell aus. Das ist *fantastisch*.

»So lässt es sich leben!«, sage ich,

als ich mich kurz darauf mit den Milchshakes an den Tisch setze und zufrieden seufze.

»Das solltest du dir vielleicht ansehen«, sagt Natalie, die etwas auf ihrem Handy liest.

»Was denn?«, frage ich. Sie hält mir ihr Handy hin.

»Es hat wohl mit dir und deinem Delfin-Cartoon zu tun.«

Ich nehme das Handy und sehe es mir genau an. Auf dem Display ist mein Cartoon zu sehen und darunter ein Bild von einem anderen Delfin-Cartoon, der, nun ja, genauso aussieht. Aber der andere Delfin-Cartoon ist eine Anzeige einer Gebäudeversicherung. In der Bildbeschreibung steht: »Versichern Sie Ihr Haus gegen Feuer, Diebstahl und Überflutung.«

Ich scrolle nach oben und lese die Artikelüberschrift: »Klaute Elfjährige Versicherungsanzeige?« *Oh-oh.* Das ist nicht gut.

Oh-oh

»Ist das …?«, stammle ich. »Behaupten die …?«

NICHT GUT

»Ja, sie sagen, du hättest es abgezeichnet«, sagt Nat.

»Nein!«, heule ich auf. »Aber das habe ich gar nicht.« Das ist *ganz entschieden* nicht gut.

»Nun, du weißt, dass du es nicht abgezeichnet hast«, sagt Nat. »Und nur darauf kommt es wirklich an.«

Wie sich herausstellt, kommt es *keineswegs* nur darauf an.

Als ich nach Hause komme, erzählt mir Dad, dass die Zeitung angerufen hat. Mein wöchentlicher Cartoon ist gestrichen. Er sagt, sie hätten sehr erbost geklungen. In der nächsten

Ausgabe soll sogar ein Artikel darüber erscheinen, wie enttäuscht sie von mir sind.

»Aber ich habe die Idee nicht gestohlen!«, versichere ich.

»Mach dir keine Sorgen«, sagt Dad. »Bald wird Gras über die Sache wachsen.«

Wird wirklich bald Gras über die Sache wachsen? Und selbst wenn, werde ich meinen Job wiederbekommen?

Wie es scheint, ist die Angelegenheit jetzt schnell ziemlich ernst geworden. Alles gerät außer Kontrolle. Und niemand scheint sich für meine Seite der Geschichte zu interessieren.

Wie es aussieht, wurde die »Geschichte« von verschiedenen Blogs aufgeschnappt. Im Internet wird darüber gechattet, dass man der Jugend von heute nicht mehr trauen kann.

Bei einem Ausflug ins Einkaufszentrum sehe ich, dass zu allem Überfluss mein Bild aus dem Schaufenster des Schreibwarenladens entfernt wurde. Ich bin so traurig darüber, dass ich es nicht über mich bringe hineinzugehen. Außerdem befürchte ich, dass Bev ihre Stifte zurückhaben möchte, und einige davon habe ich schon benutzt.

Die Sache, die man eines Tages wahrscheinlich das Delfin-Fiasko nennen wird, verschlimmert sich. Auch in der Schule wird es schlimmer. Jeder weiß davon, und es kommt mir so vor, als würden alle flüstern und mich anstarren, selbst wenn sie das gar nicht tun.

Wenigstens haben meine Freunde mich unterstützt. Joshua hat gesagt, er wüsste, dass ich unschuldig sei, denn der Cartoon wäre genau mein Stil. Tanja hat gesagt, dass sie eine Petition starten will, um meinen Namen reinzuwaschen, und selbst Lewis hat sich nicht darüber beklagt, dass ich den wertvollen Comic in Verruf gebracht habe.

»Lasst uns heute nach der Schule zu McDonald's gehen«, schlägt Nat vor. »Wir besorgen uns Milchshakes und muntern dich wieder auf.«

Ich fühle mich mutlos, denn die finanziellen Auswirkungen treffen mich wie eine Ohrfeige. Für kurze Zeit hatte ich Geld, und nun durchlebe ich erneut, wie ich es wieder verliere. *Uuurrrggghhh.*

»Danke, aber ich gehe lieber nach Hause«, sage ich betrübt.

»Nimm es dir nicht allzu sehr zu Herzen«, meint Amelia.

»Ja, das hätte jedem passieren können«, sagt Nat.

Hätte es?

»Aber es ist so unfair.« Ich seufze. »Ich habe den Cartoon nicht geklaut.«

Aus dem Augenwinkel sehe ich, wie Natalie und Amelia einen Blick wechseln, und ich bin so aufgewühlt und paranoid, dass ich sie darauf anspreche.

»Was?«, frage ich. »Was sollte dieser Blick?«

»Nun, es ist nur …«, sagt Nat. Sie wirft Amelia wieder einen Blick zu und sieht dann schuldbewusst zu mir zurück.

»Was?«, will ich wissen.

»Ich behaupte ja nicht, du hättest es absichtlich getan«, fügt

sie hastig hinzu. »Aber weißt du, vielleicht hast du den Cartoon irgendwie *unbewusst* kopiert. Ohne es überhaupt zu bemerken.«

»Genau«, ergänzt Amelia. »Du hast ihn vielleicht im Internet irgendwo gesehen und gleich wieder vergessen, aber dein Unterbewusstsein hat ihn dich zeichnen lassen.«

»Aber so war es nicht«, sage ich fassungslos.

»Das weißt du aber nicht mit Gewissheit, oder?«, fragt Nat. »Dein Gehirn könnte dir einen Streich gespielt haben.«

»Sonst wäre es schon ein wenig verdächtig«, sagt Amelia. »Die Cartoons ähneln sich verblüffend.«

»Danke!«, sage ich sarkastisch. »Soll ich eurer Ansicht nach glauben, dass ich den Verstand verliere?«

Ich *hasse* es, dass alle mir so misstrauen. Das ist einfach grässlich. Ich hatte mich so darauf gefreut, die Schule mit einer Glanzleistung abzuschließen, aber nun verlasse ich sie unter einer Wolke der Scham. Und alle werden sich an mich als das Mädchen erinnern, *das einen Cartoon gestohlen hat.* Ich seufze in mich hinein.

Ha, was für eine Leistung! Ich bin berüchtigt. Wie Captain Hook oder so. Ein Teil von mir kann nicht anders, als es mit Galgenhumor zu nehmen, dass mir immerhin das gelungen ist. Schlimmer kann es jedenfalls nicht mehr werden.

»Na so was aber auch«, sagt Harriet VanDerk, als sie ins Klassenzimmer geschlendert kommt.

18. kapitel

Okay, es kann also doch schlimmer werden. Vielleicht können Sachen immer noch schlimmer werden, und das ist die Lektion, die ich dabei fürs Leben lerne: Denke nie, dass es nicht noch schlimmer kommen könnte.

»Zisch ab«, sagt Natalie.

»Oje, oje«, säuselt Harriet schadenfroh.

»Bist du so taub, wie du hässlich bist?«, fragt Amelia.

Harriet ignoriert die beiden, stattdessen applaudiert sie lieber langsam in meine Richtung. »Brillant!«, verkündet sie. »Oh, wie tief sind die Mächtigen gefallen. Es kam mir schon ein wenig verdächtig vor, dass ausgerechnet du eine gute Idee gehabt haben sollst. Aber jetzt wissen wir es ja – die hattest du gar nicht. Aus deinem Mund kam nie etwas Eigenständiges.«

»Hau einfach ab, du Freak«, sagt Natalie verärgert.

»Ist schon in Ordnung«, meine ich resigniert. Das Ganze ist so entsetzlich, dass es beinahe schon wieder witzig ist. Beinahe. »Soll Harriet doch ruhig ablästern. Das kümmert mich nicht.«

»Was für eine Ironie des Schicksals«, sagt Harriet. »Alle haben sich aufgeführt, als wärst du eine Art Wunderkind, und nun stellt sich heraus, dass du nur eine zweitklassige Kriminelle bist.«

»Jaja, schon gut«, sage ich trocken.

»Wird Diebstahl also die herausragende Leistung sein, die für dich im Jahrbuch steht, Jessica?«

»Nein, denn ich habe nichts gestohlen«, antworte ich mit müder Stimme. »War's das jetzt? Nicht besonders originell, Harriet. Ich hätte von dir erwartet, dass du etwas besser planst, wie du mich abkanzeln willst.«

»Harriet, wenn du nicht sofort unser Klassenzimmer verlässt, wirst du es bereuen«, droht Natalie nachdrücklich.

»Aber nicht so sehr, wie Jessica es bereut, dass sie aufgeflogen ist«, kommentiert Harriet.

Natalie springt von ihrem Schreibtisch, woraufhin Harriet einen Schritt rückwärts macht.

»Ich habe nichts gestohlen«, sage ich ausdruckslos.

»Ist aber schon ein seltsamer Zufall«, stichelt Harriet weiter. »Du willst uns doch nicht etwa glauben machen, dass eine Versicherungsgesellschaft etwas von einer Elfjährigen kopiert hat?«

Natalie macht einen weiteren Schritt auf sie zu.

»Ich wollte sowieso gerade gehen.« Harriet macht eine wegwerfende Handbewegung, dann dreht sie sich um und stolziert aus unserem Klassenzimmer.

»Danke, Nat«, bringe ich hervor, aber in meinem Kopf

schwirren wilde Gedanken herum, ausgelöst durch das, was Harriet gerade gesagt hat.

»Jederzeit, Baby.« Nat legt einen Arm um meine Schulter und drückt sie.

Aber alles, was ich denken kann, ist: *Was*, wenn es stimmt? Was, wenn sie das *getan* haben? So unglaublich unwahrscheinlich es klingt, was, wenn eine Versicherungsgesellschaft *tatsächlich* einen Delfin-Cartoon von einer Elfjährigen gestohlen hat?

Bin ich verrückt?, geht es mir durch den Kopf, als ich mit dem Bus nach Hause fahre. Habe ich am Ende den Verstand verloren? Woher soll ich das wissen? (Wenn man tatsächlich verrückt ist, kommt man dann überhaupt auf die Idee, dass man verrückt ist?)

Tammy sagt immer, dass man den großen Konzernen nicht trauen kann, weil sie unmoralisch sind und über Leichen gehen, um ihre Ziele zu erreichen. Aber einen Delfin-Cartoon stehlen?

Als ich in die Küche komme, sagt Dad: »Die Zeitung hat wieder angerufen.«

»Wirklich?«, frage ich zaghaft. Es ist wahrscheinlich unrealistisch zu hoffen, dass sie mir meinen alten Job wiedergeben.

»Ja, sie würden gerne deine Seite der Geschichte hören«, antwortet er.

»Oh, okay«, sage ich.

Dad schielt auf einen Notizzettel, den er in der Hand hält. »Sie sagen, dass sie zuerst deine Entschuldigung bringen, dann könntest du deine Gründe dafür erklären, warum du es

gemacht hast, und was dir dabei durch den Kopf gegangen ist.«

»Wie bitte?«, entfährt es mir. »Und ich dachte, du meinst, sie würden mir eine Chance geben, mich zu verteidigen.«

»Sieht nicht so aus«, sagt Dad. »Sie meinten, sie wären besonders daran interessiert, ob du in der Schule irgendwelchem Gruppendruck ausgesetzt warst, der dich dazu bewogen hat.«

»Aber ich habe den Cartoon nicht kopiert«, beharre ich. Meine Worte beginnen, in meinen eigenen Ohren hohl und bedeutungslos zu klingen.

»Das habe ich ihnen auch gesagt«, erwidert Dad. »Ich sagte, Jessica bleibt dabei, dass sie nichts kopiert hat, und ich für meinen Teil glaube ihr.«

Ein warmes Gefühl von Dankbarkeit durchflutet mich bei Dads Worten. »Und was haben sie gesagt?«

»Sie haben gesagt, dass sie nur an einer Entschuldigungs-Story interessiert sind. Entweder bekennst du dich schuldig oder sie bringen überhaupt nichts.«

»Aha, so ist das«, sage ich nüchtern. Na klar.

Ich werde langsam wütend, weil man mich so ungerecht und mies behandelt. Das ist *unfair*.

Tammy kommt zum Abendessen, und ich befürchte, sie könnte behaupten, mein Unglück sei Karma, weil ich mich für böse Werbung habe einspannen lassen. Aber dann ist sie total nett. Nicht nur das, sie nimmt sich der Sache an.

»Hört mal«, sagt Tammy, als wir uns Mums Minestrone

schmecken lassen. »Ich habe ein paar Spuren verfolgt. Zuerst habe ich die Veröffentlichungstermine nachgeprüft. Der Cartoon, den ich bei Newsworth eingereicht habe, erschien mindestens eine Woche vor jeder Onlineversion der Anzeige der Versicherungsgesellschaft.«

»Oh mein Gott! Das beweist, dass ich sie nicht kopiert habe, nicht wahr?«, rufe ich aufgeregt. (Wieso hat bis jetzt niemand die Veröffentlichungstermine überprüft? Vermutlich, weil es so unwahrscheinlich erschien, aber *trotzdem.*)

»Und ob«, sagt Tammy. »Ich habe von allem Screenshots gemacht. Wenn man anfängt, Fragen zu stellen, gehen Beweise oft erstaunlich schnell verloren. Dann habe ich die Versicherungsgesellschaft angemailt und sie gefragt, ob sie zu einer Erklärung bereit sind.«

»Ich werd verrückt«, stammle ich.

Tammy schlürft noch einen Löffel Suppe, dann fährt sie fort: »Wenn sie nicht innerhalb von vierundzwanzig Stunden antworten, geht die Geschichte an die Online-Aktivistengruppe. Das ist unerhört. Eine Elfjährige wird in der Schule gemobbt und verliert ihren Ruf und ihren bezahlten Job, weil irgendein Erwachsener Geld scheffeln will. Hallo! Das ist ein Skandal.«

Das ist es wohl. Obwohl ein Teil von mir nicht möchte, dass die Sache Wellen schlägt. Obwohl ich wütend bin. Das ist verwirrend.

19. kapitel

Also gut, die Aufregung hat sich etwas gelegt. Tammy (oh Wunder!) ist der Sache auf den Grund gegangen. Es hatte sich anscheinend folgendermaßen abgespielt: Ein Jungspund bei einer Werbeagentur hat meinen Delfin-Cartoon im Internet gesehen. Ihm war nicht klar, dass jemand ein Copyright darauf hatte. Also hat er meinen Cartoon zusammen mit einigen anderen Ideen an den Kunden der Agentur geschickt, die Versicherungsgesellschaft. Und die hat sich für den Cartoon entschieden.

Die Versicherungsgesellschaft und die Werbeagentur behaupten, dass sie nicht gewusst hätten, von wem der Cartoon stammte. Sie schieben alles auf den Jungspund. Der wiederum sagt, ihm sei nicht klar gewesen, dass er damit ein Problem verursachen würde. Er wollte niemandem Ärger bereiten.

Tammy sagt, dass sie ihnen diese Geschichte keine Sekunde lang abkauft. Denn selbst die skrupellosen Werbefirmen hätten Verhaltensgrundsätze und wüssten, was »geistiges Eigentum« ist. Sie sagt, dass sie ständig anderen die kreativen

Einfälle klauen und damit durchkommen, indem sie geringfügige Veränderungen vornehmen. Sie sagt, der Jungspund hätte sich nicht einmal die Mühe gemacht, den Cartoon zu ändern, aber die Agentur dachte vermutlich, dass sie damit durchkämen, weil ich erst elf Jahre alt bin. (Aber rechtlich gesehen sind das reine Mutmaßungen, da Tammy nichts davon beweisen kann.)

Tammy hält den Jungspund außerdem für einen Feigling, denn als allgemein bekannt wurde, dass die beiden Cartoons identisch sind, hätte er ja mit der Sprache rausrücken und zugeben können, was er getan hatte. Das hat er aber nicht gemacht. Er ließ zu, dass alle mich für die Böse hielten und ich die ganze Sache ausbaden musste. Er behauptet zwar, dass er nicht wusste, welche Schwierigkeiten ich durch ihn bekommen hatte, aber selbst *ich* bin mir nicht sicher, ob ich ihm das abnehmen kann.

Der Wirbel in den »Medien« (unsere Lokalzeitung und verschiedene Blogs) ist abgeflaut. Ein paar Artikel sind erschienen, die sich damit auseinandersetzen, wie heikel es im digitalen Zeitalter ist, geistiges Eigentum zu schützen.

Tammy findet es erstaunlich, dass alle mich so vorschnell verurteilt und runtergeputzt haben, während der wahre Schuldige davonzukommen scheint.

Dad sagt, das läge vielleicht daran, dass der Kerl sich tausendfach entschuldigt und öffentlich erklärt hat, wie schrecklich leid es ihm täte, während ich mich nie entschuldigt hätte. Aber ich hatte ja auch gar nichts getan!

Es ist aber auch etwas Gutes dabei herausgekommen. Der Versicherungsgesellschaft war die Sache schrecklich peinlich (außerdem hatten sie Angst vor der ganzen negativen Publicity). Darum haben sie angeboten, einer Wohltätigkeitsorganisation meiner Wahl etwas zu spenden.

Ich habe mich für Green Fortis entschieden, die Umweltorganisation, für die mein Vater arbeitet. Da hat auch Tammy sich wieder beruhigt.

Es fühlt sich supergut an, dass ich jetzt reingewaschen bin und keinen Ärger mehr habe. Ich bin unendlich erleichtert.

Der Zeitung tut es wahnsinnig leid, dass sie einfach von meiner Schuld ausgegangen sind. Sie reißen sich ein Bein aus, um mich zu entschädigen. Ich habe meinen alten Job wieder, und der Chefredakteur *persönlich* hat angerufen, um sich bei mir zu entschuldigen. Er hat gesagt, sie würden einen Artikel über »Meine Welt« veröffentlichen, in dem ich genau schildern kann, wie es aus meiner Sicht abgelaufen ist. Ich habe ihm gesagt, dass ich darüber nachdenken werde. Ich bin mir nicht sicher, ob ich im Moment großen Wert auf weitere Publicity lege.

»Versteh mich nicht falsch, die Klickrate ist gut«, erzählt Mum Tammy am Küchentisch bei einer Tasse Tee. »Aber es sind jeden Tag etwa gleich viel.«

Ich schenke mir ein Glas Orangensaft ein und schaffe es, dabei nicht über den Hund zu stolpern, der plötzlich wie aus dem Nichts auftaucht.

»Das ist doch gut«, sagt Tammy. »Du wirst schon merken, dass die Zahlen eine Weile gleich bleiben, dann wieder steigen, dann gleich bleiben, dann ein bisschen steigen. Du bewegst dich in die richtige Richtung.«

»Ich weiß«, sagt Mum. »Es ist nur so, dass ein Teil von mir sich wünscht, ich könnte es ein bisschen mehr ankurbeln, weißt du?«

»Natürlich«, erwidert Tammy. »Es ist sehr schwer, immer gleich viel Aufmerksamkeit zu bekommen. Das macht Kampagnen so schwierig.«

Und plötzlich habe ich eine Idee.

»Oh wow! Seht nur! Da ist mein Blog!«, ruft Mum, als die Familie gemeinsam die Lokalzeitung studiert.

»Das ist tolle öffentliche Aufmerksamkeit für das Thema Klimawandel«, freut sich Tammy.

»Eine schöne Propaganda für Green Fortis«, findet Dad.

»Und Lady sieht auf ihrem Foto klasse aus«, sagt Ryan.

Ich habe mich entschlossen, den Artikel über »Meine Welt« für die Lokalzeitung zu machen. Meine Bedingung war, dass jeder, der mir wichtig ist, die Werbetrommel für sein Projekt rühren darf. Und so hat »Jessicas Welt« eine ganze Seite voller Bilder und Werbeinformationen bekommen. Und ich brauchte dafür nur zu sagen, wie schrecklich es für mich war, als jeder (außer meiner Familie und meinen Freunden) mich für eine Lügnerin hielt.

Mums Blog wird also erwähnt und wie gut er läuft; Tammys Klimawandel-Aktion (das war das Mindeste, das ich für sie tun konnte, nachdem sie meinen Namen reingewaschen hatte); noch mehr Werbung für Green Fortis; eine richtige Vorstellung meines *Höll*fern-Comics mit Fotos von unserem Auftritt bei Comic-tastisch; und schließlich ein kleiner Beitrag über Ryans »Hundeschule« und ein Foto von Lady, das entstanden ist, als wir die Homer-Simpson-Köpfe gezeichnet haben.

Es fühlt sich toll an, meinen »Ruhm« für einen guten Zweck

zu nutzen, aber ich bin mir nicht sicher, ob es wirklich so toll ist, berühmt zu sein. Es ist echt erschreckend, wie schnell Menschen dazu gebracht werden können, das Schlimmste von einem zu denken. Aber anderen zu helfen, hat mir das Gefühl gegeben, ein wenig die Kontrolle über die Sache wiedererlangt zu haben. Und ausnahmsweise stört es mich nicht, für alle das Sprungbrett zu sein. Ja, es macht sogar mehr Spaß, wenn man zusammenarbeitet.

Wie ich immer zu sagen pflege, ich bin immer noch geerdet und kein bisschen abgehoben. Vielleicht wird meine außerordentliche Leistung fürs Jahrbuch sein, dass ich allen anderen auf die Sprünge geholfen habe, weil ich so fantastisch bin. Haha, nee. Meine Leistung ist immer noch das Zeichnen von genialen Cartoons.

20. kapitel

»Ich werde auf jeden Fall etwas Schwarzes anziehen«, sagt Natalie.

»Klar, aber vergiss nicht, dass Sommer ist. In Schwarz könnte es dir zu heiß werden«, erwidert Amelia.

»Ja, aber es wird schon Abend sein«, sagt Natalie. »Und dann werde ich irgendwann frieren.«

»Dir wird auf jeden Fall zu heiß werden, weil wir tanzen«, kontert Amelia. »Ich sage ja nicht, zieh *kein* Schwarz an. Ich sage nur, mach dir Gedanken, ob es *unbedingt* etwas Schwarzes sein muss.«

Ich sitze mit Natalie und Amelia unter dem großen Baum, und sie diskutieren darüber, was sie zur Schul-Disco tragen wollen. Vermutlich werden sie sich für etwas Schwarzes entscheiden.

Ich sehe auf die Baumwurzel hinunter, auf der ich sitze, und frage mich, ob es heute das letzte Mal ist. Während unserer gesamten Zeit an der Hillfern-Grundschule haben Nat und ich um diese Buche herum gespielt.

Bei Regen sammelt sich matschiges Wasser in den Lücken zwischen den Wurzeln, und wir haben so getan, als wären wir Hexen und die Matschpfützen unsere Hexenkessel. Wir haben mit Stecken darin herumgerührt und uns vorgestellt, wir würden Zaubertränke anrühren. Wir haben heruntergefallene Blätter hineingeworfen, als wären es magische Zutaten.

Ich glaube, ich werde diesen Baum tatsächlich vermissen. Ich war bis jetzt noch gar nicht traurig darüber, dass die Grundschule vorbei ist, aber jetzt wird mir klar, warum einige aus meiner Klasse deswegen wehmütig geworden sind. Ich werde nie wieder Zaubertrank zwischen den Buchenwurzeln anrühren. Ist schon komisch, was für Sachen einem klarmachen, dass etwas wirklich passiert.

»Ich muss euch beiden etwas erzählen«, sagt Amelia plötzlich.

»Klingt ernst«, kommentiert Nat. »Schieß los.« Sie lächelt.

»Ich werde …« Amelia hält inne. »Ich werde nicht auf die Hillfern-Mittelschule gehen.« (Natalies Lächeln erlischt langsam.) »Meine Großeltern haben angeboten, meine Ausbildung zu bezahlen, darum werde ich zur St-Clement's-Mädchenschule auf der anderen Seite der Stadt gehen.«

»Und wann wolltest du mir das erzählen?«, ruft Nat.

»Na, jetzt«, sagt Amelia. »Wir können uns immer noch –«

»Seit wann weißt du es?«, unterbricht Nat sie.

»Noch nicht lange«, sagt Amelia. (Ich könnte wetten, dass sie es an dem Tag, als wir unsere Schlüsselanhänger machen ließen, bereits gewusst hat.)

»Ich kann das nicht glauben!« Nat schüttelt verzweifelt den Kopf.

»Wir können immer noch viel gemeinsam abhängen. Nach der Schule und an den Wochenenden«, sagt Amelia.

»Das wird nicht dasselbe sein, und das weißt du«, entgegnet Nat.

»Nein, es wird nicht dasselbe sein.« Amelia sieht sie traurig an.

Vor nicht allzu langer Zeit wäre diese Neuigkeit Musik in meinen Ohren gewesen. Ich wäre entzückt darüber gewesen, Amelia los zu sein und Nat an der Mittelschule ganz für mich allein zu haben. Aber ich bin ebenfalls aufrichtig bestürzt. Endlich habe ich angefangen, das Mädchen zu mögen, und jetzt verdünnisiert sie sich? Ich fühle mich *betrogen*.

»Ich kann nicht fassen, dass du mich im Stich lässt«, beschwert sich Nat.

»Aber du hast wenigstens noch Jess«, sagt Amelia. »Ich hingegen werde an der St Clement's ganz allein sein. Ich kenne dort niemanden. Du wirst jede Menge Leute kennen.«

»Dann geh dort nicht hin. Komm mit *uns*«, schlägt Nat vor.

Amelia seufzt. »Die Sache ist die, dass ich in Wirklichkeit gerne dorthin möchte. Es ist eine echt gute Schule. Ich glaube genau die richtige für mich. Ich freue mich darauf, neue Freundschaften zu schließen. Und ich weiß, dass es dir auch so gehen wird.«

Nat seufzt. Aber sie hat dem nichts entgegenzusetzen. Ein Teil von mir hat während der Unterhaltung erwartet, dass sie erbost davonstürmt, aber nun hat sie doch beschlossen, erwachsen damit umzugehen. »Nun, dann freue ich mich für dich. Wenn es das ist, was du willst«, sagt sie steif.

Doch dann bricht sie in Tränen aus. Also doch nicht ganz so erwachsen, schätze ich. Auch Amelia fängt an zu heulen und sie umarmen sich unter der Buche.

»Äh, mich betrifft das nicht so recht«, sage ich und ziehe mich aus der Affäre, weil es langsam peinlich wird. »Ich lass euch besser allein.«

Und ich latsche zurück zur Schule in mein Klassenzimmer. Ich schaue nicht zu den beiden zurück. Ich möchte mich an die Buche als einen Ort erinnern, wo ich Hexe gespielt und Zaubertränke gemixt habe, nicht als den Ort, an dem sich Natalie und Amelia die Augen ausgeheult haben, weil alles sich verändert.

Als ich mich dem Klassenzimmer nähere, höre ich Tanyas Stimme. »Da kommt sie ja«, sagt sie gerade.

»Hallo Leute«, sage ich misstrauisch.

»Tadaa!« Tanya hält mir einige Blätter vor die Nase. »Überraschung!«

TADAA!

»Danke. Und was ist das?« Verwirrt nehme ich ihr die Blätter ab und halte sie so, dass ich etwas sehen kann.

»Es ist dein persönliches Jahrbuch«, sagt Tanya stolz.

Und tatsächlich, auf der Vorderseite steht in knallbunten Buchstaben »Jessicas Jahrbuch«.

»Wir wollten dich damit aufheitern während der Sache mit dem angeblichen Cartoon-Diebstahl«, erklärt Joshua. »Und uns damit bedanken, dass du in der Zeitung Werbung für den Comic gemacht hast.«

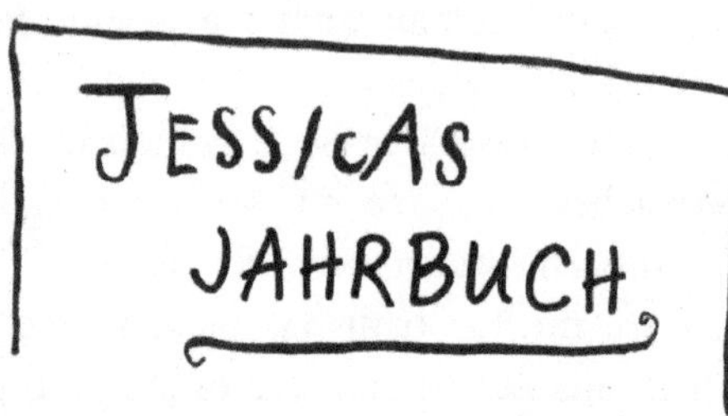

»Es ist unsere Geschichte«, erläutert Tanya.

»Als Comic erzählt«, ergänzt Lewis.

»Schlag es auf«, bittet Joshua.

Drinnen ist ein Comic über unser Leben.

»So haben wir uns kennengelernt.« Tanya zeigt auf das erste Bild, das sie und mich im Englischunterricht zeigt. In einer Sprechblase über Tanya steht: »He, Cartoonmädchen, zeichne mir einen Cartoon.« Auf dem nächsten Bild ist meine Zeichnung von Tanya als Osterei.

»Das ist fantastisch«, flüstere ich. Der Comic erzählt unseren ganzen steinigen Weg: Wie Tanya mich bittet, die Schule als Hölle zu zeichnen. Wie Joshua vorschlägt, dass wir einen Comic herausgeben. Uns alle, wie wir bei Comictastisch unsere Best-of-Ausgabe verkaufen. Im letzten Feld steht: »Fortsetzung folgt …«

FORTSETZUNG FOLGT

»Oh mein Gott, das ist das Genialste, was ich je gesehen habe!« Ich lache. »Es ist unglaublich!«

»Wir haben dich also aufgeheitert?«, fragt Tanya grinsend.

»Ja, und wie. Danke. Das ist großartig!« Ich bin zutiefst gerührt.

Dass sie sich wegen mir solche Mühe gegeben haben! Was für eine Wertschätzung.

»Ich wusste, dass es dir gefallen würde«, sagt Tanya, die hochzufrieden mit sich aussieht.

»Tanya hatte die Idee, als sie unter der Buche saß«, sagt Joshua. »Es hat nur etwas gedauert, bis wir damit fertig waren.«

»Dort gehe ich immer hin, wenn ich nachdenken will«, erklärt Tanya. Wow, diese Buche hat für jeden eine besondere Bedeutung.

»Wir haben auch alle Kopien davon«, sagt Joshua. »Damit können wir uns immer aneinander erinnern.«

»Es ist die Geschichte unserer Anfänge«, erläutert Lewis.

»Wir wollten das, was wir hier geleistet haben, in Erinnerung behalten«, fügt Joshua hinzu. »Ich hatte echt Spaß daran, mit euch allen zusammenzuarbeiten.«

»Es war eine supertolle Zeit«, pflichte ich ihm bei. »Wenn wir uns nicht gerade gefetzt haben und so.« Die anderen kichern.

»Wir sind auch nur Menschen«, sagt Tanya glücklich.

TOONS

»Darum steht am Ende *Fortsetzung folgt*«, erklärt Lewis. »Ich meine, wir gehen nächstes Jahr ja alle zur selben Schule.«

»Bist du dabei, Toons?«, fragt Tanya.

»Na und ob!«, erwidere ich wie aus der Pistole geschossen.

Tanya klopft mir auf den Rücken. »Guter Mann, diese Frau«, sagt sie. Das ergibt für mich zwar keinen Sinn, aber egal.

In diesem Moment kommen Natalie und Amelia mit rot geweinten Augen ins Klassenzimmer.

»Was ist denn mit euch passiert?«, fragt Tanya taktlos. Dann beäugt sie Amelia misstrauisch. »Warst du das? Ich wusste doch, dass Toons dir zu schnell verziehen hat. Du machst immer nur Ärger. Verlegst du dich jetzt wieder aufs Mobben?«

»Nein, nein«, gehe ich rasch dazwischen. Tanya und Amelia können sich auf den Tod nicht ausstehen. »Nat ist traurig, weil Amelia *nicht* auf dieselbe Schule gehen wird wie wir.«

»Oh«, sagt Tanya, sichtlich verwirrt, als sie die Neuigkeit verdaut, die aus ihrer Sicht überaus erfreulich sein muss. »Und wo geht sie hin?«

Amelia seufzt. »St Clement's.«

»Lady Miststück geht also zur feinen Schule für feine Leute?«, fragt Tanya.

»Jaja«, bestätigt Amelia.

»Jeder, wie ihm beliebt«, sagt Tanya vernünftig. »Nimm's mir nicht krumm, aber du bist wahrscheinlich besser dort aufgehoben, wo du lernst, Furze auf Lateinisch zu unterdrücken.«

Völlig unerwartet fängt Natalie zu lachen an und kann nicht mehr aufhören. Sie krümmt sich, hält sich den Bauch und muss sich auf dem Pult abstützen.

»Haha, du lernst … Furze unterdrücken … auf …«, und dann kichert sie wieder haltlos.

»Ich glaube, du hast Natalie aufgemuntert«, sage ich zu Tanya.

»Gut«, sagt Tanya. »Ihr Spinner habt keinen Grund, traurig zu sein.« Nat versucht zu antworten, bringt aber kein Wort heraus.

»Niemand sollte traurig sein, weil er die Grundschule verlässt«, fügt Tanya sachlich hinzu. »Das ist so, als wäre man traurig, weil man keine Windeln mehr braucht. Ich kann es nicht erwarten, von hier abzuhauen. Das Beste kommt erst noch.«

Dank Tanyas weiser Worte blicke ich wieder optimistisch in die Zukunft. Die seltsame Wehmut, die ich wegen der Buche gespürt habe, verwandelt sich in Dankbarkeit, dass ich diesen Baum überhaupt hatte.

Der Baum wird immer ein Teil meiner Vergangenheit sein und ich werde mich stets an ihn erinnern. Aber ich brauche ihn nicht mehr. Er ist nicht mehr für mich da, sondern für die nächsten Kinder, die im Regen Hexenspiele spielen. Ich mache mich auf zu neuen Ufern. Die Zeit ist reif.

Außerdem weiß ich jetzt, was mir wichtig ist. Ich habe einen

Höhenflug genossen und bin tief gestürzt in dieser launischen Welt des Ruhms. Nun will ich einfach den Ball flach halten, ohne viel Getue meine Cartoons zeichnen und mir ein Portfolio für meine berufliche Zukunft erarbeiten.

Ich meine, ich freue mich immer noch auf die Mittelschule und alles, was sie mit sich bringt. Aber es geht ja auch um meine Karriere, oder? Eben!

21. kapitel

»Beeil dich, Jess, sonst kommen wir zu spät.« Nats Eltern holen mich ab und bringen uns zur Schulabschluss-Disco. Amelia sitzt schon im Auto.

»Es ist cool, zu spät zu kommen. Wir sind *in*, wenn wir spät dran sind«, versichere ich Nat, während ich in meine Schuhe schlüpfe und meiner Familie über die Schulter zurufe, dass ich jetzt gehe.

Als wir ankommen, ist die Disco schon in vollem Gange. Alle drängen sich auf der Tanzfläche zu einem Song von Megan Flyer. Als wir auf einen Tisch in einer Ecke zusteuern, auf dem es Saftbecher gibt, legt der DJ eine langsame Nummer von *MBlaze* auf und die Tänzer verlassen murrend das Parkett.

Zum Glück lernt der DJ aus seinem Fehler und macht so etwas nicht noch einmal. Er bleibt eine Weile bei den beliebten schnellen Nummern, und schon füllt sich die Tanzfläche wieder.

Natalie und Amelia möchten sich erst mal zurückhalten, darum trinken wir unseren Saft und sehen uns um. Harriet VanDerk kommt rüber, um sich etwas zu trinken zu holen.

»Wen haben wir denn da?«, sagt Amelia abfällig. Oh bitte, fang *jetzt* keinen Streit mit Harriet an, denke ich. Wir sind hier, um uns zu amüsieren.

»Oh, hallo«, sagt Harriet angewidert.

»Ich denke, du schuldest Jessica eine Entschuldigung«, stellt Amelia fest. Ich bin sauer und denke: Missbrauche mich doch nicht wieder als Köder.

»Für was denn?«, fragte Harriet.

»Du warst zu Jess sehr unhöflich wegen der Sache mit dem angeblich gestohlenen Cartoon«, sagt Nat. »Wie du weißt, wurde ihre Unschuld bewiesen. Du sollst dich für dein grässliches Benehmen bei ihr entschuldigen.«

Harriet stellt ihren Saftbecher ab und sieht uns ärgerlich an. Ich erwarte, dass sie einen Streit vom Zaun bricht, aber dann seufzt sie. »Tut mir leid, Jessica«, sagt sie ziemlich aufrichtig.

»Oh, äh, ist schon in Ordnung«, entgegne ich peinlich berührt und überrascht. »Mach dir deswegen keine Gedanken.« Und schon nimmt Harriet ihren Becher in die Hand und macht sich aus dem Staub. *Puh.* Das war zum Glück kurz und schmerzlos.

»Ach übrigens, Jess, wo ich gerade dran denke«, sagt Amelia. »Nat und ich und ein paar andere Mitglieder von D.O.O.F. haben neulich über einen neuen Bandennamen abgestimmt.«

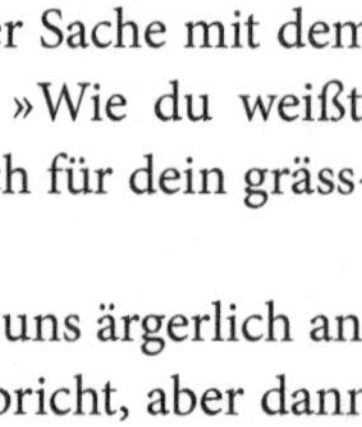

»*Was?*«, frage ich alarmiert.

»Ja«, sagt Amelia. »Wir nennen uns jetzt *Krass Oberschlaue Tolle Zeitgenossen.*«

Warte mal … »*KOTZ?!*«, rufe ich. »Ihr wollt, dass die Bande wie ein Befehl zum Reihern klingt?«

Zu meiner Überraschung brechen beide in schallendes Lachen aus.

»*Reingelegt!*«, johlt Natalie.

»Haha! Du hast uns tatsächlich geglaubt«, sagt Amelia.

»Ich kann nicht glauben, dass du uns geglaubt hast«, sagt Natalie.

»Ich kann nicht glauben, dass du *reingelegt* gesagt hast«, gebe ich verletzt zurück.

»Wir wollen uns eigentlich *Sensationell Intelligente Chicks* nennen«, sagt Amelia.

»Das heißt abgekürzt S.I.C.«, erklärt Nat. »Klingt doch gleich viel besser. Dabei hatten wir die Idee, dich reinzulegen, und du bist uns voll auf den Leim gegangen!«

»Jaja, schon gut«, sage ich höflich. Ich kann es verkraften, wenn man sich über mich lustig macht. Aber wirklich, wenn man bedenkt, dass sie sich ernsthaft mal G.U.F. und dann C.A.C. genannt haben, kann man mir nicht übel nehmen, dass ich es geglaubt habe. Was soll's. Sie haben mich ganz schön drangekriegt.

Wir schauen noch eine Weile zu, dann wollen Natalie und Amelia natürlich tanzen. Ich winde mich innerlich. Ich halte mich wirklich nicht für eine gute Tänzerin, aber sie packen mich an den Händen und bald tanzen wir ausgelassen. Wir hopsen und wackeln auf der Tanzfläche herum. Es macht überraschend viel Spaß.

Dann wird der Song »Party Don't Stop« von Megan Flyer aufgelegt, der am Ende unseres Schultheaterstücks gespielt wurde. Nat und Amelia hatten sich dazu eine Choreografie ausgedacht, die wir fast allen in unserem Jahrgang beigebracht haben.

Spontan findet jeder seine Position, und so entsteht eine synchrone Gruppe. Unsere Blicke sagen: »Ich kann nicht fassen, was wir da tun, aber es ist so bescheuert, dass es schon wieder Spaß macht.«

In der Mitte des Songs teilen wir uns auch wieder wie das Meer und lassen Tanya ihren speziellen Hexentanz aufführen. Ich bin glücklich darüber, dass ich dabei war, als wir das einstudiert haben. Eigentlich ist es blöd, dass jeder für eine große herausragende Leistung in Erinnerung bleiben soll, wo wir doch alle eine Spur von vielen kleinen Leistungen hinterlassen haben.

Als der nächste Song anfängt, tanzt Joshua zu uns rüber. Er gibt seine witzige Slapsticknummer zum Besten, schlittert und albert herum wie damals als Vogelscheuche, aber irgendwie ist es doch ein Tanz. Seine Haare hüpfen dabei.

»Tänzchen gefällig?« Er streckt einen Arm aus. Ich greife vorsichtig danach und plötzlich wirbelt Joshua mich herum. Es ist wie ein sehr schneller Tanz aus den 1950ern mit vielen Schwingbewegungen. (Ich weiß nicht, wie die Tänze heißen, weil ich nicht aufpasse, wenn meine Eltern *Let's Dance* schauen.)

Ein paar Songs später bin ich ziemlich durstig, also hören wir auf zu tanzen und setzen uns in die Nähe der Saftbar, um wieder zu Atem zu kommen.

»Du bist ein echt guter Tänzer«, sage ich zu ihm.

»Danke, du bist auch nicht schlecht.«

»Ha*ha*«, erwidere ich.

Emily, Megan und Fatimah kommen rüber, um sich Saft einzuschenken. »Hi, Leute«, ruft Emily. »Tolle Disco.«

»War das nicht klasse, als wir alle zu dem Megan-Flyer-Song getanzt haben?«, fragt Megan.

»Genial«, findet auch Fatimah.

»Ich hoffe, dass wir auf der Mittelschule auch so tolle Sachen machen dürfen«, sagt Emily.

»Ganz bestimmt«, versichere ich.

»Ja, das wird einsame Spitze«, sagt Emily. »Wir müssen allen beibringen, wie man *Was wäre dir lieber?* spielt, was?«

»Unbedingt.« Ich grinse und frage mich, ob wir wieder mit den gleichen Leuten zusammen sein werden. Wäre klasse, wenn wir in Kunst wieder miteinander quatschen und *Was wäre dir lieber?* spielen könnten.

Sie laufen weg, um sich Chips zu holen.

»He«, sagt Joshua. »Ich bin echt froh, dass wir uns kennengelernt haben.« Das klingt plötzlich ein bisschen ernst. Ich weiß nie, wie ich damit umgehen soll, wenn jemand ernst wird. Das ist einer der Gründe, wieso ich gerne Witze mache.

»Ich auch«, antworte ich höflich.

»Meinst du, dass wir uns sehr verändern werden, wenn wir die Grundschule verlassen?«

»He, Leute!« Cherry und Shantair gesellen sich zu uns an die Saftbar.

»Tanzen macht unheimlich durstig«, sagt Shantair, dann trinken die beiden in großen Schlucken.

»Weißt du was, Jess, an der Hillfern-Mittelschule gibt es einen Schachclub«, erzählt Cherry. »Wollen wir mitmachen?«

»Klar, wieso nicht?«, antworte ich. Sie gehen wieder tanzen.

»Die beiden werden sich wohl nicht allzu sehr verändern«, sage ich lächelnd. »Ich meine, wahrscheinlich werden sie sich schon auf irgendeine Art verändern, aber vieles wird auch gleich bleiben.«

»Ich halte dich für eine gute Freundin«, sagt Joshua. »Ich hoffe, dass –«, fängt er an, aber ich schneide ihm das Wort ab.

»Du meine Güte, sie tanzen etwas Langsames!«, rufe ich. »Nat und Amelia tanzen etwas Langsames mit Daniel und Joe!«

Der DJ hat einen langsamen Song aufgelegt. Natalie und Joe halten sich an den Händen, stehen einen Schritt voneinander entfernt und machen Schritte nach links und rechts. Amelia und Daniel *umarmen* sich sogar und schieben sich dabei über die Tanzfläche. Beide Paare sehen aus, als ob es ihnen ein wenig peinlich wäre. Natalie fängt meinen Blick auf, sieht mich lachen und macht ein finsteres Gesicht.

»Ach, lass sie doch«, sagt Joshua. »Sollen sie doch langsam tanzen, wenn sie wollen.«

»Ha«, sage ich. »Sie sehen witzig aus.«

»Das ist *sehr* erwachsen«, grinst Joshua.

»Sieh an, wer mir da etwas übers Erwachsensein erzählen will«, gebe ich zurück. Ich mag es, mich mit Joshua zu kabbeln.

Doch anstatt mich zu beleidigen, greift Joshua nach meiner Hand. Vor Überraschung ist mein Gehirn völlig leer.

Dann kommt Tanya an die Saftbar und Joshua lässt meine Hand wieder los.

»'allo 'allo«, sagt Tanya. »Keine schlechte Party, gar nicht mal so mies. Aber die Snackauswahl könnte größer sein, wenn ihr mich fragt.«

»Und der Saft ist zu sehr mit Wasser verdünnt.« Amelia gesellt sich zu uns.

»Wo ist denn dein *Tanzpartner?*«, ziehe ich sie auf.

»Oh«, sagt sie und sieht sich um. »Keine Ahnung. Wir haben nur herumgealbert. Ist eine gute Übung, wenn man mit Jungs tanzt.«

»Ich nehme dich beim Wort«, grinse ich.

Als der langsame Song vorbei ist, gehen die Lichter an und alle stöhnen.

»Ach du je. Das ist das Ende. Das Schulende«, sage ich.

Tanya klatscht mich ab. »Jawohl, das ist es!« Sie strahlt.

Von der Tanzfläche ertönt ein Chor von »Noch ein Song«-Rufen.

»Wollt ihr noch einen Song?«, fragt der DJ.

»Ja!«, rufen alle.

»Ich kann euch nicht hören!«, ruft der DJ zurück.

»Dieser DJ ist ein Idiot«, sagt Tanya.

»Ich fragte, wollt ihr noch einen Song?«, fragt er erneut.

»JAAA!«, johlen alle.

Ich will den DJ Tanya gegenüber verteidigen und ihr erklären, dass er gar nicht so schlecht ist. In dem Moment legt er den »Grease Megamix« auf.

Amelia legt den Kopf in die Hände. »*So* was Lahmes«, murmelt sie.

»Meine Rede. Er ist ein Idiot«, sagt Tanya.

Nat ruft uns winkend zu, dass wir zu ihr auf die Tanzfläche kommen sollen. Alle legen wieder los.

Ich werfe Joshua einen Seitenblick zu. »Lass uns mitmachen«, sagt er.

Wir vier haken uns ein und gehen auf die Tanzfläche. Dann tanzen wir alle wie verrückt, auch wenn wir die Musik doof finden.

Es ist wirklich ein toller Abend. Ich habe mich noch nie so gut amüsiert. *Bis jetzt.* Ein toller Abschied von der alten Schule. Ich bin aufgeregt beim Gedanken daran, was uns Neues erwartet.

Was hat zwei Daumen und eine glorreiche Zukunft in Aussicht? Die hier. (Ich zeige mit beiden Daumen auf mich selbst, aber so, dass es wie eine coole Tanzbewegung aussieht.)

danksagung

Ich bedanke mich wieder bei Suzy Jenvey, Kirsty Stansfield, Dom Kingston, Kate Wilson, Lindsey Fraser, Kathryn Ross und Sarah Horne.

Ich habe den ersten Entwurf dieses Manuskripts ein paar Tage vor der Geburt meiner Tochter Phoebe fertig geschrieben, darum möchte ich mich bei ihr dafür bedanken, dass sie nicht zu früh auf die Welt kam und meine Zeitplanung durcheinandergewirbelt hat. Gut gemacht, Phoebe. High five.

Und ich danke EUCH fürs Lesen.

Beste Freundin, größte Zicke?

Catherine Wilkins
Meine schrecklich beste Freundin und andere Katastrophen
192 Seiten | ab 10 Jahren
ISBN 978-3-8415-0413-5

Was tun, wenn man die beste Freundin an die größte Zicke verliert? Jessica versteht die Welt nicht mehr, als sich ihre beste Freundin Natalie mit der Neuen, Amelia, zu einer geheimen Bande zusammenschließt. Kurzerhand gründet Jessica mit allen anderen »cliquenlosen« Mädchen ihrer Klasse einen Freundinnen-Club. Ein wahrer Krieg entspinnt sich zwischen den beiden Cliquen, bis Natalie endlich erkennt, wer ihre wahre Freundin ist!

Weitere Informationen unter:
www.oetinger-taschenbuch.de